KB076831

어벤져스 엔드게임

해적 천사, 말하는 나무 그리고 토끼 선장

어벤져스 엔드게임: 해적 천사, 말하는 나무 그리고 토끼 선장

1판 1쇄 발행 2019년 4월 15일

지 은 이 스티브 벨링
옮 긴 이 김민성
감 수 김종윤(김닛코)
펴 낸 이 하진석
펴 낸 곳 ART NOUVEAU
주 소 서울시 마포구 독막로 3길 51
전 화 02-518-3919
I S B N 979-11-87824-68-8 03840

마블 MCU 소설 시리즈 06

BEFORE THE EVENTS OF

MARVEL AVENGERS ENDGAME

THE PIRATE ANGEL, THE TALKING TREE, AND CAPTAIN RABBIT

해적 천사, 말하는 나무 그리고 토끼 선장

STEVE BEHLING

스티브 벨링

차례

CHAPTER 1

"야, 그거 건드리지 마!"

이 핀잔은 로켓의 목소리였다. 애초에 이 우주선에 있는 건 모두 로켓의 것이었으니까.

로켓은 일단 자신을 방해하지만 않는다면 그게 누구든, 그 무엇이든 기꺼이 참아줄 정도의 인내심은 있었다.

하지만 로켓의 눈길은 토르 오딘슨을 향해 있었는데, 그 녀석은 분명 지금 자신을 방해하려는 참이었다.

로켓은 토르 오딘슨이 우주선의 주 조종 장치에 손을 대려는 모습을 보고는 분명하게 선을 그었다. 이 녀석이 사람이든 신이든, 아니면 해적과 천사가 결혼해서 낳은 잘생긴 자식이든 아무 상관 없었다.

"건드리려던 거 아냐." 토르가 사실 건드리려고 한 것은 맞지만 일단 잡아떼야겠다는 듯한 목소리로 말했다.

로켓은 오른쪽 눈썹을 치켜 올리고 입술을 비틀어 비웃는 것 같은 표정을 지었다. "어딜 감히 사기꾼한테 사기를 치려고. 거기 조종장치 근처에는 가지 마. 네 얼굴만큼 아주 섬세한 장비들이란 말이야." 로켓은 이빨을 드러내며 얼굴에 미소 비슷한 것을 지었다.

"내 얼굴은 섬세하지 않은데." 토르는 약간 방어적인 태도로 항의했다.

"웃기네, 섬세하거든." 로켓이 쏘아붙였다. "조금 섬세하지. 괜찮아. 나쁠 것 하나 없다고."

"나는 그루트다."

로켓은 고개를 홱 돌리다가 하마터면 자기 바로 뒤에 서 있던 나무 비슷한 외계인 소년과 부딪힐 뻔했다. 한창 사춘기(나무 외계인에게도 이런 게 존재했다)를 맞이하는 그루트에겐 아무 소리도 내지 않고 음침하게 사람들에게 다가가는 짜증나는 습관이 생겨버렸다.

"야 인마, 손님한테 욕해도 된다 그랬어, 안 된다 그랬어?" 로켓이 고개를 절레절레 저으면서 꾸짖었다. "이 우주선에서 욕을 해도 되는 사람은 나뿐이라고."

그루트는 로켓을 물끄러미 쳐다보더니 아주 인상적으로 불쾌한 반응을 보여주었다. 로켓이 방금 몇 초 전에 토르에게 보여주었던 비웃음을 똑같이 지어 보인 것이다.

"나는—"

"하지 마라." 로켓이 경고했다.

"그루—"

"하지 말랬다! 일주일 동안 태블릿 사용 금지당하기 싫으면 거기서 말 끊고 속으로만 욕해."

그루트의 몸에 주머니가 달려 있었다면 양손을 거기 찔러 넣고는 툴툴거리며 돌아서서 그냥 자리를 떠났을 것이다. 하지만 그런 주머니 따위는 달려 있지 않았기에, 그루트는 로켓과 잠시 눈싸움을 벌이다가 툭 내뱉었다. "나는 그루트다." 그러더니 느긋하게 걸어가버렸다.

"재가 요새 좀 힘들어." 로켓은 다시 주 조종 장치로 몸을 돌리면서 토르에게 설명하듯 말했다.

"질풍노도의 시기라고 하잖아." 토르는 로켓의 어깨 너머를 쳐다보며 말했다. "로키와 내가 어렸을 적이 생각나는군. 한번은 로키가 뱀으로 변신했었는데, 나는 뱀을 너무 너무 좋아해서 녀석을 그냥 주워들었지. 그런데 내가 뱀을 줍자마자 다시 로키로 변신하더니 나를 칼로 찔렀어."

로켓은 족히 십 초는 지난 후에야 다시 입을 열 수 있었다. 마침내 입이 떨어진 로켓은 한숨을 푹 쉬더니 말했다. "네가 이 얘기를 꽤 많이 우려먹은 것 같다는 느낌이 드는 이유는 뭘까? 그것도 **엄청 많이**."

토르는 옅게 웃었다. "아냐, 몇 번 정도밖에 안 했어." 토르도 알고 있었다.

"아무래도 그 로키라는 녀석은 네가 이 얘기를 할 때마다 꽤 재미있어했을 것 같은데." 로켓은 킬킬 웃으며 말했다.

그러자 토르의 입가에 걸려 있던 엷은 미소가 빠르게 사라졌다.

"이제 더는 아니지." 토르는 저 짧은 말만 간신히 남겨놓고 몸을 돌렸다.

로켓과 토르는 서로를 알게 된 지 채 몇 시간도 되지 않은 사이였다. 두 사람은 꽤나 비상 사태 속에서 처음 만났는데, 그 상황은 로켓이 요 며칠 새 유일하게 신경을 썼던 비상 사태이기도 했다.

가디언즈 오브 갤럭시는 정체 불명의 우주선으로부터 구조 요청을 받은 다음, 그 우주선이 마지막으로 신호를 보냈던 위치로 긴급히 출동했다. 어쩌면 이번 임무에 출동한 이유는 단순한 인명 구조뿐만이 아니라, 꽤 짭짤한 보수를 받을 수도 있겠다는 예상도 어느 정도 작용했을지 모른다. 가디언즈 오브 갤럭시의 예산은 언제나처럼 빠듯한 상황이었기 때문에, 멤버들은 자신들이 활약할 수 있는 좋은 일뿐만 아니라 보수가 괜찮은 일거리도 찾고 있었던 것이다.

하지만 구조 지점에서는 우주 쓰레기와 시체들만 떠다니고 있을 뿐이었다. 아무래도 긴급 구조 신호를 보냈던 당사자는 정체 불명의 누군가에게 살해당한 것 같았다.

가디언즈 오브 갤럭시가 여기까지 추측해냈을 때, 우주선의 조종석에 웬 사람 하나가 쾅 하고 부딪혔다

생존자를 우주선으로 데려온 로켓과 가디언즈 오브 갤럭시의 동

료들은 이 사람인지 신인지 혹은 해적과 천사 부부 사이에 태어난 아이인지 모를 인물의 정체가 아스가르드 출신의 토르라는 사실을 알게 되었다. 그다음에는 구조 신호를 보냈던 우주선도 원래 아스가르드인들이 타고 있었지만 타노스가 이 우주선을 파괴했다는 사실도 알게 되었다.

타노스, 일명 매드 타이탄이라는 자다.

타노스는 정말 밥맛이었다. 아스가르드의 우주선을 박살내고 그 승객들을 몰살시킨 것도 나빴지만 그것 때문만은 아니었다. 아니, 로켓은 타노스가 자신의 동료이자 친구인 가모라, 즉 타노스가 자신의 딸에게 저지른 짓 때문에 정말 밥맛이라고 생각했다.

로켓은 가모라가 자신의 동족인 제호베레이인 중 절반이 타노스에 의해 몰살당한 다음 자기도 타노스의 '딸'로 입양되어, 그놈의 감시 아래서 어떤 삶을 살았었는지 가모라에게 직접 들었다. 놈은 가모라와 또 다른 '딸'인 네뷸라에게 완벽한 살육 병기가 되는 교육을 시키겠답시고, 둘 사이에 목숨을 건 경쟁을 붙였다고 했다.

그 교육은 정말 잘 먹혔다. 그리고 두 자매는 정말 오랫동안 뼛속까지 고통받아야 했다.

밥맛이 따로 없다.

“기분이 나쁜 것 같네, 토끼.” 토르가 고개를 저으며 말했다.

“그래 보여? 그래, 나도 그 이유가 궁금하네.” 로켓이 냉소적으로 말했다. 이 해적과 천사 부부 사이에 태어난 것 같은 녀석은 자신을 계속 토끼와 헷갈리고 있었는데, 그걸 바로 잡아줄 방법은 전혀 없어 보였다.

“나는 그루트다.” 로켓의 어깨 너머를 훔쳐보던 나무가 말했다.

로켓은 태블릿을 와락 가슴팍에 품더니 자리에서 벌떡 일어났다. “사람 좀 작작 놀래키라고!” 로켓은 소리쳤다. “몇 번이나 말해야 알아먹겠냐? 소름 끼친다고!”

“나는 그루트다.”

“으윽, 머리 꼭대기에 수액도 안 마른 버르장머리 없는 녀석아.” 로켓은 근처에 있던 통으로 걸어가더니 태블릿을 단단히 쑤셔 넣었다.

“네가 재한테 이 얘기를 많이 해준 것 같다는 느낌이 드는 이유는 뭘까?” 토르가 끼어들었다. “그것도 *엄청 많이.*”

로켓은 토르를 날카롭게 째려보았다. “너 지금 나 놀리냐?”

“아닌데.” 토르는 결백하다는 듯이 말했다. “절대 아니지.”

“웃기고 있네. 나 놀리는 거지.”

“아니고 말고.” 토르가 응수했다.

“맞잖아!” 로켓이 쏘아붙였다. “내 말 따라 하고 있고만!”

"나는 그루트다." 회전의자에 앉아 있던 그루트가 종알거렸다.

"넌 빠져 있어, 나무." 토르가 말했다.

로켓은 곧장 토르의 얼굴에 삿대질을 했다. "야! 애한테 그렇게 말하지 마! 혼내도 내가 혼낸다." 그는 그루트에게 몸을 돌렸다. "넌 빠져 있어, 이 나무 녀석아!"

"나는 그루트다."

로켓은 의자에 몸을 도로 푹 파묻고는 눈을 감아버렸다. "하, 두고 봐. 가모라한테 네 입버릇을 싹 다 일러줄 테다."

CHAPTER 2

로켓은 바빴다.

로켓이 우주선을 갖고 뭔가 뚝딱거리느라 한참 정신이 팔려 있었기 때문에 그루트는 지금이야말로 로켓이 쓰던 태블릿을 슬쩍해서 무슨 게임이 설치되어 있는지 살펴볼 절호의 기회라는 사실을 알아차렸다. 어쩌면 지금 어딘지도 모르는 목적지를 향하여 엄청나게 지루하게 날아가는 동안 시간을 충분히 때울 수 있을 만큼 재미있는 게 깔려 있을 수도 있었다.

그루트는 토르라는 녀석도 슬쩍 훔쳐보았지만, 이쪽도 조종석 너머의 우주 공간을 멍하니 바라보느라 바빴다. 그 표정도 여기서부터 수백만 킬로미터는 떨어져 있는 듯한 생각을 하고 있는 것 같았다. 그루트는 토르에게 뭔가 말을 걸어볼까 생각했다.

관두자. 드디어 그루트가 재미 좀 볼 수 있는 기회가 찾아왔지 않은가. 로켓은 자신에게 게임 좀 작작 하라고 잔소리를 퍼붓지만, 그루트는 분명 로켓이 자기 태블릿에 가장 재미있는 게임들만 골라서 깔아놨을 거라고 장담할 수 있었다. 위선자 같으니.

그루트는 거의 발소리도 내지 않고 우주선을 가로질러서 아까 로켓이 태블릿을 던져 넣었던 통 앞으로 갔다. 그런 다음 자신의 가느다란 나뭇가지 손가락을 뻗어 태블릿을 통에서 꺼냈다.

그다음에는 다시 우주선을 조용히 가로질러 자기 자리까지 왔다. 그루트는 의자에 몸을 파묻은 채 손에 태블릿을 쥐고, 그 까만 화면을 들여다보았다. 손가락으로 화면을 한번 슥 문지르면, 이제….

…아무것도 나타나지 않았다.

화면은 여전히 검은 공백뿐이었다. 그루트는 앙상한 나뭇가지 같은 손가락 하나로 정수리를 긁적였다.

다시 한번 화면을 건드려보았다.

하지만 여전히 아무것도 나타나지 않았다.

어쩌면 음성 인식 아닐까?

"나는 그루트다?" 그루트는 속삭였다.

이것도 안 먹혔다.

"나는 그루트다." 이번에 내뱉은 말은 태블릿을 켜라는 명령이 아니라 욕설이었다. 로켓이 절대 허락하지 않았을 만한 욕이었다. 아니, 어쩌면 허락해줬을지도.

그루트는 로켓을 속여서 이 화면을 건드릴 수 있는 방법이 있지는 않을까, 잠시 생각했다. 어떻게든 그 털북숭이 손가락으로 태블릿의 화면을 건드려서 이게 켜지는지 안 켜지는지 확인해보는 거다. 하지만 썩 좋은 생각처럼 보이지는 않았다. 게다가 애초에 먹힐 만한 계획도 아닌 것 같았다.

그래서 그루트는 잠시 의자에 앉아 검은색 화면만 바라보면서 곰곰이 생각에 빠졌다. 그러다 뭔가 이상한 점을 발견했다. 태블릿의 검은색 화면 구석이… 너덜거리는 것 같았다. 분명 뭔가 수상했다. 그루트는 이 팔랑거리는 구석을 두 손가락으로 잡은 다음 잡아당겼다. 그러자 '검은색 화면'이 태블릿에서 벗겨져 나오면서 완전히 정상적으로 작동 중인 화면이 드러났다.

로켓이 태블릿에 암호도 안 걸어놓은 데다, 겨우 가짜 화면 한 장 붙여놓는 걸로 켜져 있던 화면을 가리려고 했다고?

그루트는 이 사실을 도무지 믿을 수가 없었다. 그는 씩 웃고는 "나는 그루트다!" 하고 크게 외치고 싶었지만, 역시 그건 좀 안 될 것 같았다. 대신 그루트는 다시 자기 자리로 달려가 앉아서 태블릿을 들여다보았다. 하지만 그의 눈에 들어온 것은 차라리 완전히 까맣게 꺼져버린 화면보다도 훨씬 실망스러운 장면이었다.

게임이 없었다.

게임이 하나도 없었다.

그냥 글자뿐이었다.

에이, 뭐야.

그루트는 손가락으로 온통 글자투성이인 페이지들을 휙휙 넘겼다. 이게 뭐야, 무슨 책 같은 건가? 그루트는 로켓이 책을 읽는 모습을 단 한 번도 본 적이 없었다.

그러다 그루트의 눈이 두 문장에 꽂혔다.

…녀석은 나무인 것 같다. 최소한 나무처럼 보인다….

그루트는 멈칫하고 잠시 뭔가 생각하더니, 좀 더 화면 가까이로 다가가 손가락으로 글자들을 확대했다. "나는 그루트다." 그는 스스로에게 속삭였다. 이건 그냥 글이 아냐.

이건 *로켓이* 쓴 글이었다.

그리고 아마 그루트에 대해 쓴 것 같았다.

일지 3X-AFVM.2

녀석은 나무인 것 같다. 최소한 나무처럼 보인다.

그러니 그냥 나무라고 치자.

나는 처음부터 그 녀석이 좋았다. 애초에 말수도 별로 없다. 딱 두 마디만 계속 반복할 뿐이다. 하지만 그렇게 제한된 단어들만 갖고 그렇게 많은 말을 할 수 있는 사람은 지금껏 만나본 적이 없다.

"나는 그루트다"라는 문장이 그렇게 많은 의미를 함축하고 있을 줄 누가 알았겠나?

어쨌든 누군가 이 글을 읽게 될 미래 세대의 후손들에게 다시 한 번 강조하고 싶은 부분이 있다. 이건 그냥 일기가 아니라 일지다. 둘은 완전히 다르다. 그리고 내 생각에는 이건 일지도 아니다. 이건 내 생각이나 지금껏 내가 실천한 멋진 행동들을 모두 기록해두었다가, 언젠가 멍청한 대중들이 나를 찬양하려 들거나 성지 비슷한 것을 세울 때 참고할 수 있도록 남겨둔 역사적 사료인 셈이다. 어쩌면 박물관도 생길지 모른다.

그루트가 이걸 읽는다면 분명 "나는 그루트다"라고 하겠지, 그리고 나는 녀석을 한 방 갈기고 싶어질 거고.

그게 말하는 나무가 타고난 축복이자 저주인 셈이니.

"그게 뭐야, 나무?"

그루트는 잽싸게 고개를 들고는 태블릿을 가슴팍에 붙이고 몸을 바짝 숙였다. "나는 그루트다." 그러고는 자기는 정말 아무 죄도 없다는 듯 대답했다.

토르는 사람 좋게 웃었다. "걱정할 것 없어. 토끼에게는 말하지 않을 테니." 토르는 말을 이었다. "네 비밀은 지켜주지."

토르가 눈치챘을까? 그루트가 뭘 보고 있었을지 감이라도 잡은 걸까?

"나는 그루트다." 그루트는 말했다. 그리고 다시 한번, 이번에는 좀 더 빠르고 좀 더 건방지게, 마치 의심의 여지는 전혀 없다는 듯이 시치미를 떼며 말했다. "나는 그루우우트다."

토르는 눈썹을 찌푸렸다. "내가 제대로 본 건지는 모르겠다만, 아무래도 넌 나를 경계하고 있는 것 같은데."

걸렸다.

"나는 그루트다."

"이번에는 그냥 넘어가주지." 토르는 조종석 창문 밖에 펼쳐진 광대한 풍경으로 다시 주의를 돌렸다. "그래도 혓바닥은 조심해서 놀리는 게 좋을 거야. 아니, 혓바닥이 있기나 한가?"

물론 그루트도 혓바닥이 대체 뭔지 궁금해졌다.

하지만 더 중요한 문제가 있었으니, 그루트는 어째서 로켓이 이 일지인지 뭔지 하는 기록물을 작성하는 걸 자기가 단 한 번도 본 적이 없었는지 궁금해졌다. 두 사람이 그렇게 오랜 시간을 함께했는데도 말이다. 그것도 첫 번째 일지를 보아하니 서로를 알게 된 이후부터 작성한 것 같은데. 그루트는 주변에서 무슨 일이 벌어지는지 눈치채지도 못할 정도로 엄청난 집중력과 열정을 자기 스스로에게 쏟는 인물이었던 걸까?

"나는 그루트다." 그루트는 거만하게 고개를 끄덕이며 스스로에게 말했다. 그럼, 그렇고말고.

그루트의 얼굴에 웃음이 번졌다. 뭐, 이제 이 일지를 찾았으니 됐잖아? 당분간은 로켓이 더 바빴으면 좋겠네. 그러면 이 일지를 좀 더 읽어볼 수 있을 테니까. 어쩌면 뭔가 굉장히 창피한 정보를 약점으로 잡아서 게임을 더 오랫동안 할 수 있도록 허락을 받을 수 있을지도 모른다.

그루트는 슬며시 의자를 옆으로 돌리고 태블릿을 조심스럽게 살펴보았다. 그러고는 아무 일지나 하나 골라서 읽기 시작했다.

일지 3X-AFVM.6

이 행성은 쓰레기장이다. 정말이다. 온통 쓰레기가 널려 있다. 사실 어쩔 수 없는 일이기도 하다. 이 섹터에 속한 대부분의 행성들에서 나오는 쓰레기가 여기에 투기되니까.

심지어 행성 이름까지도 쓰레기 같다. '글라보스'란다.

누가 별 이름을 그딴 식으로 지어? 우주적으로 욕을 먹고 싶은 놈들인가?

글라보스라니.

아니 좀.

이 행성에 도착한 지 대충 한 시간 정도가 됐다. 곧 내 인생에서 다시는 돌이킬 수 없는 한 시간이 벌써 낭비되어버렸다는 소리다. 나와 그루트는 이곳에 대박 괜찮은 일거리가 있다는 소문을 듣고 여기까지 왔는데 알고 보니 짜잔! 그딴 일거리는 없었다.

대신 뭐가 *있었는지* 궁금한가? 어디 한번 맞춰봐라. 기다려줄 테니까.

어차피 못 맞출 테니 그냥 말해주지. 여기서 무슨 일이 있었냐 하면, 일단 우리는 주인 허락도 안 받고 빌려 타고 온 우주선을 이 행성에 착륙시켰다(대충 무슨 소린지 다 알아먹었으리라 믿는다). 그러고는 바로 여기에 있다는 대박 일거리의 의뢰인을 찾아 나섰는데, 그 얼간이는 당연히 나타나지 않았다. 그래서 다시 우주선으로 돌아갔더니 그곳에는 부품 단위로 완전히 분해된 우주선만이 우리를 기다리고 있었다.

그루트는 말했다. "나는 그루트다." 백 번 맞는 말이다. 똥통 행성에 왔으면 똥통을 기대해야지.

우리는 딱 그 똥통에 빠졌다.

우주선은 박살이 났다. 엄청 고치지 않는 한 다시 띄울 방법이 없다. 그리고 어차피 내 우주선도 아닌데 비싼 돈을 들여서까지 다시 고칠 생각은 전혀 없다

그러니 이 시궁창 행성을 뜰 방법을 찾아야 한다. 근처의 정착지로 가서 무슨 술집 같은 곳이 없나 찾아봐야겠다. 술도 좀 마실 수 있고, 뭔가 쓸모 있는 걸 발견할 수 있을지도 모르지.

아니면 술집 패싸움에 휘말릴지도 모른다. 그것도 다 쓸데가 있는 법이다.

CHAPTER 3

일지 3X-AFVM.11

지난 번 일지에서 말했던 술집 패싸움, 기억 나냐? 하나 찾았다. 그리고 당연히 얻은 것도 있었다. 나랑 붙었던 놈을 봐야 하는데! 그 눈에 제대로 한 방 먹여줬거든!

그리고 또 다른 눈에도.

그리고 또 다른 눈에도.

그리고 또 다른 눈… 그만하자.

얘가 눈이 좀 많았다.

이곳의 정착지는 꽤 규모가 작아서, 대충 긁어 모은 고철들로 지어 올린 건물 몇 채가 드문드문 늘어서 있는 수준이었다. 바텐더에게 이런 감상을 말했더니, 여기가 그나마 글라보스에서 물 좋은 곳이라고 하더라.

그렇단다.

술집은 북적거렸다. 사실 글라보스는 수많은 행성들의 쓰레기장일 뿐만 아니라, 우주선 조종사들이 일을 끝낸 다음 아무도 찾지 못하게 숨고 싶을 때 이용하는 정류장 같은 곳이었다. 사실 내가 찾는 사람이 글라보스에 있다 쳐도, 이따위 시궁창까지 굳이 찾으러 올 생각은 절대 안 들 것 같다.

그 사람들을 어찌 탓하리오. 이 별의 구린내는 진짜 심했다. 내가 아주 민감한 후각을 갖고 있다는 점은 다들 아는 사실이잖아. 모두가 정말 부러워하는 능력 중 하나지.

바텐더(나는 이 사람을 거스라고 불렀는데, 사실 이름이 거스도 아니었다)의 말에 따르면 나와 그루트는 그다지 환영 받는 손님이 아니었단다. 왜 그런 불청객 취급을 하냐고 물어보니, 딱 봐도 술값을 낼 만한 유형으로는 보이지 않았다나.

나는 웃기지 말라고 했지만, 그 말이 틀려서는 아니었다. 사실은 완전 맞는 말이었다. 애초에 술값을 낼 생각은 전혀 없었으니까. 하지만 제대로 알지도 못하면서 사람을 멋대로 판단하는 건 좀 아니지 않나.

어쨌든 내가 문제를 더 키우기 전에 그루트가 카운터에 술값을 올려두었다. 그루트도 사람들에게서 편견을 사는 걸 싫어했으니 말이다. 그러자 바텐더는 우리가 마실 술을 갖다 줬다. 참 괜찮은 양반이야.

우리는 테이블에 앉았고, 그때서야 나는 눈을 주렁주렁 달고 있는 그 녀석이 근처에 있다는 걸 눈치챘다. 덩치는 대충 이만하고 몸은 둥그스름한 데다 사방에 눈 자루를 달고 있는 덩어리였다. 팔이랑 손도 어찌나 많은지, 대충 여섯 개는 되었던 것 같다. 하지만 나중에 그루트가 말해주길 자기가 보기에는 족히 여덟 개는 넘게 달려 있었단다. 그런데 내 생각이지만 아무래도 나중에 남들한테 자랑할 심보로 좀 과장한 게 아닌가 싶다.

그래서 나는 "왜, 눈은 수십 개에 팔도 여섯 개씩 달린 놈과 싸운 걸로는 부족해? 팔을 여덟 개씩이나 달아줘야겠어?"라고 물었다.

그랬더니 그루트는 말했다. "나는 그루트다." 아무래도 녀석을 설득하기엔 글러먹은 것 같았다. 아마 그루트도 온갖 뻥튀기로 가득한 일지를 쓰고 있나 보다.

내가 어디까지 얘기했더라? 맞다, 크고 둥그렇고 사방에 눈알이 튀어나온 놈. 그래서 우리가 그 더러운 술집에 앉아서 앞으로의 일을 생각하고 있는데, 그 눈이 뒤룩뒤룩 튀어나온 녀석이 우리 테이블로 왔다. 처음에는 아무 말도 하지 않고 거기 서서 우릴 쳐다보고만 있었다. 솔직히 눈이 그렇게나 많은데 또 뭘 할 수 있었겠어?

결국 내가 입을 열었다. "왜, 같이 사진이라도 찍어줘? 두고두고 간직하고 보게?"

여전히 그는 아무 말도 하지 않았다. 그제야 나는 녀석에게 입이 달려 있지 않으니 말도 못 한다는 사실을 알아차렸다.

그 대신 머릿속에서 목소리가 들려왔다. 알고 보니 이 녀석은 텔레파시 능력자였던 것이다. 그는 자기 이름을 스쿠어트라고 소개하고는 지금껏 나를 찾아다녔다고 했다.

나는 머릿속으로 물었다. "왜?"

스쿠어트가 생각했다. "내가 너희 우주선을 갖고 있거든. 뭐, 전부는 아니지만."

CHAPTER 4

“너 좀 기분 나쁘게 조용하다?”

의자에서 거의 펄쩍 뛰어오르다시피 한 그루트는 자기 어깨 너머를 쳐다보았다. 선장 자리에 앉아 있는 로켓이 바깥의 우주를 바라보고 있었다.

“나는 그루트다.” 그루트는 툴툴거렸다. 하지만 겉으로 성질을 부렸어도 속으로는 깜짝 놀라 있었다. 로켓이 자신의 행동을 몰래 읽고 있었다는 뜻 아닌가? 자기가 뭔가에 푹 빠져 있다는 사실을 어떻게 알아차린 것일까? 꼭 뒤통수에도 눈이 달린 것 같았다.

그루트는 작게 한숨을 쉬고는, 로켓에게 좀 더 부드러워진 목소리로 “나는 그루트다”라고 했다.

“네가 괜히 조용하면 보통은 뭔가에 푹 빠져 있다는 뜻이거든.” 로켓은 뒤쪽에 앉은 친구에게 말했다. “토르라면 그냥 조용히 입을 다물고 있어도 이상할 게 없지. 자기가 사랑하던 사람들을 싹 다 잃었으니까."

토르는 로켓을 지그시 바라보았다. 그 아스가르드인의 시선이 어찌나 이글거리던지 눈빛만으로도 로켓의 머리통을 가볍게 뚫어버릴 것만 같았다.

"미안, 괜한 말을 했네." 로켓이 우물거렸다.

그루트도 어깨를 으쓱했다. "나는 그루트다."

"아, 그러셔? 네 성격도 *정말* 섬세해?" 로켓은 우주선의 조종 장치를 조작하면서 말했다. "웃기고 있네."

"나는 그루트다." 그루트는 콧방귀를 뀌더니 다시 태블릿으로 주의를 돌렸다. 그는 의자 위에서 몸을 말고 손에 쥔 태블릿을 가까이 들여다보았다. 로켓은 아마 '쟤가 그냥 게임을 하고 있나 보다' 하고 생각하는 모양이었다. 그루트가 자신의 일지를 읽고 있을 거라고 눈치챘을 리는 없지 않나.

아니면 눈치챘을까?

일지 3X-AFVM.18

스쿼어트가 우리 우주선의 일부를 갖고 있다는 말은 농담이 아니었다. 놈은 여섯 개의 손 중 하나를 자신의 흐물흐물한 몸 속으로 넣었다. 내 생전 그렇게 역겨운 광경은 처음 봤다. 그렇게 몸 속을 잠시 주물럭거리더니, 다시 튀어나온 손에는 마스터 이온 튜브가 들려 있었다. 마스터 이온 튜브는 꽤 중요한 부품이다. 이게 없으면 우주선의 시동을 제대로 걸 수 없다. 아예 걸 수가 없다는 쪽이 더 정확하다고 해야 하려나.

그것도 그냥 마스터 이온 튜브가 아니라, *우리 우주선의* 마스터 이온 튜브였다. 안전 장치가 없었기 때문에 한눈에 알아볼 수 있었다. 이 안전 장치를 제거하면 엔진의 속도를 좀 더 높일 수 있기 때문에 나는 항상 이걸 떼어놓는다. 물론 부작용으로 엔진이 폭발할 수도 있기는 하다. 하지만 엔진이 터지면 그건 네 운이 나쁜 거고, 안 그래?

어쨌든 스쿠어트는 이제 내 테이블에 앉아, 내 마스터 이온 튜브를 그 끈적한 손바닥 위에서 굴리고 있었다. 그러고는 나를 보고 웃었다. 최소한 나는 놈이 웃었다고 *생각한다*. 이게 알아보기가 좀 힘든 게, 사실 얘가 입은 안 뚫렸고 숨쉬는 콧구멍만 무지하게 많이 뚫려 있었기 때문이다. 이 콧구멍들이 둥글게 말리더니 무슨 웃는 표정 같은 모양이 되었다. 그렇게 끔찍한 광경이 또 없었다.

"야, **정말** 우리 우주선 부품을 갖고 있었군." 나는 머릿속으로 생각했다. 다른 곳으로 생각하기는 힘들잖아. "내가 지금 널 튀겨버리면 안 되는 이유 한 가지만 대봐."

"그랬다간 나머지 우주선도 절대 못 찾을 테니까." 스쿠어트가 머릿속으로 대꾸했다. 그러더니 뒤로 기대 누워서 더 크게 씩 웃었다(이것도 알아 보기가 힘들었다). 난 이놈을 좋아하지는 않았지만 그 배짱만큼은 인정했다.

"그래, 스쿠어트. 나도 좀 관심이 좀 생기는군." 나는 그에게 생각을 보냈다. 그리고 솔직히 얘기하자면 다른 생각들도 좀 많이 보냈는데, 후세에 길이 남길 이 일지에 자세히 적을 만한 생각들은 아니었다. 나중에 부록으로 추가해볼까?

"너희가 여기 왜 왔는지 알아." 스쿠어트는 이렇게 생각하면서 눈알이 향하는 시선 중 대부분을 내 쪽으로 향하곤, 나머지 눈알들은 마치 주변을 경계한다는 듯 주위 곳곳을 바라보고 있었다. "그리고 네 의뢰인도, 뭐랄까… 처리를 당했다는 것도 알고 있지."

"죽었어?" 나는 상대가 생각을 읽을 수 있다는 것도 잠시 잊은 채 큰 소리로 말해버렸다. 어찌나 크게 말했는지 술집에 있던 놈들이 죄다 고개를 돌려서 나를 똑바로 쳐다볼 정도였다.

"뭘 봐, 이 밥맛들아?" 나는 소리쳤다.

"나는 그루트다!" 내 옆에서 쩌렁쩌렁하게 터져 나온 경고였다.

"내 말이." 나는 든든한 친구를 둬서 너무나 뿌듯한 심정으로 말했다.

"제발 목소리 좀 낮춰." 스쿠어트는 생각했다. "아니면 아예 입을 닫는 편이 더 낫겠는데. 이미 말했지만 네 의뢰인은 죽었어. 우리와 약간의… 의견 차이가 있었다고 해두지."

"그다음은 내가 맞춰볼까?" 나는 끈적이에게 생각을 보냈다. "그래서 네가 우리 의뢰인을 죽였고, 이젠 *네가* 우리의 새로운 의뢰인인 거야. 게다가 우리 우주선까지 갖고 있지."

"우주선의 일부를 갖고 있지." 스쿠어트가 대꾸했다.

"쪼잔하긴." 나는 머릿속으로 쏘아붙였다. "사업 얘기를 하기 전에 먼저 내 우주선부터 돌려받고 싶은데."

스쿠어트는 그 끈적한 몸을 의자에 기대더니 목 비슷하게 보이는 부위 뒤로 손 네 개를 포갰다. 그러더니 생각했다. "싫다면?"

"싫다면." 나는 생각했다. "그루트에게 네 점액을 모조리 빨아먹으라고 시킬 테다."

그러자 스쿠어트는 마침 자기 술을 입에 털어 넣고 있던 그루트를 바라보았다. 그루트는 자기 잔을 비운 뒤 테이블 위에 쾅 내려놓고 스쿠어트를 똑바로 쳐다보았다. "나는 그루트다." 녀석은 느릿하게 말했다.

"그래, 그럴 것 같군." 스쿠어트는 생각했다. "아주 좋아. 그러면 이 마스터 이온 튜브는 선의의 표시로 돌려주도록 하지."

그러더니 점액투성이가 되어버린 마스터 이온 튜브를 내 바로 앞의 테이블에 떨어뜨렸다. 정말 역겨워 보였다.

그래서 그루트에게 집으라고 시켰다.

"나는 그루트다!"

그루트는 싫다고 버텼다. 덩치만 컸지 그냥 애다. 그래서 내가 튜브를 집었다.

"그래서 그 건수가 뭔데?" 나는 생각했다. 어서 이 일을 끝내고, 보수를 받고, 우주선도 돌려받고, 글라보스에서 후딱 뜨고 싶었다.

"아, 너희가 아주 좋아할 만한 일이야. 핵 하나만 훔치면 돼."

"경사 났군. 핵이라니, 무슨 핵?"

“별거 아냐.” 스쿠어트가 끌끌 웃어대자, 그 끈적한 몸 전체가 위아래로 출렁였다. “그냥 이 행성의 핵이야.”

“잠깐— 뭐?”

“나는 그루트다?”

CHAPTER 5

일지 3X-AFVM.19

나도 몰랐던 사실이지만 그루트가 알아낸 바에 따르면, 다들 이 행성에 뚫려 있는 폐기용 구멍에다 쓰레기를 쏟아 붓는 이유는 바로 그 행성핵 때문이었다고 한다. 이 행성핵이 또 그냥 행성핵이 아니라 일명 흡열핵이라는 거다. 크기는 겨우 구슬 하나 정도 크기인데 내부 온도가 천오백만 도에 육박하는 데다 그 기복도 수백만 도에 달한다고 한다.

그러니까 엄청 뜨겁다는 얘기다.

이처럼 흡열핵이라는 게 워낙 엄청난 열을 발산하다 보니, 뭐든지 소각할 수 있는 부가적인 효과도 있었다. 그러다 보니 돈 냄새 잘 맡는 밥맛들이 이 열로 쓰레기를 소각할 생각을 했고, 그 사업으로 돈을 무지막지하게 벌었다.

그래서 글라보스 행성은 거대한 쓰레기 더미가 된 거다.

사람은 원래 좋든 싫든 날마다 새로운 걸 배우는 법이다.

스쿠어트는 지금 우리에게 이 흡열핵이 보관된 처리 시설로 침투해 이걸 훔쳐 오라는 것이었다.

"그냥 궁금해서 묻는 건데 말이야." 나는 생각했다. "이 천오백만 도짜리 물건을 어떻게 훔쳐 나오면 될까? 그러니까 내 생각에 이걸 그냥 집었다간, 아마 우리는—"

"잿더미가 되어버릴 거다?" 스쿠어트는 내 생각을 이었다. 딱히 놀라울 일도 아니었다. "그래, 당연히 잿더미가 되겠지. 그러니까 이게 필요한 거야." 놈은 또 다른 손을 자신의 끈적한 몸 속에 집어넣더니 조그마한 금속 상자 하나를 꺼냈다.

"그게 뭐지?" 나는 물었다.

"나는 그루트다." 그루트가 말했다.

"저게 상자인 건 나도 알아." 나는 톡 쏘아붙였다. 인정한다. 그때의 나는 심히 짜증이 나 있었다. "누가 봐도 상자라는 건 알겠다."

"이건 그냥 상자가 아니야." 스쿠어트는 생각했다. "옴니움으로 만든 상자거든."

"야, 멋진데." 나는 생각했다. "그래서 이게 왜 중요한데…?"

만약 눈이 주렁주렁 달린 사람이 그 눈알을 동시에 굴리는 모습을 보지 못했다면, 정말 인생 헛산 거다. 내가 그 이유를 묻자 스쿠어트는 그런 모습을 보여주었는데, 그건 실로 굉장한 장관이었다. "옴니움은 흡열핵의 열을 억제할 수 있는 유일한 물질이야. 흡열핵이 보관되어 있는 처리 장치도 똑같은 물질로 제작되어 있지."

"지금 아무 말이나 다 지어내고 있는 거지?" 나는 워낙 불안했던 나머지 상대가 생각을 읽을 수 있다는 사실을 또 까먹고 크게 말해 버렸다. "맞지? 네가 하는 말은 정말 믿기가 어려운데."

이번엔 스쿠어트도 눈알을 굴리지 않고 그저 화난 듯한 눈빛만을 쏘아 보냈다. 술집에 있던 손님들 몇 명도 마찬가지였다.

"목소리. 좀. 낮춰." 스쿠어트는 생각했다. "안 그랬다간 누군가 나서서 조용히 시켜줄 거야."

"그거 협박이냐?" 나는 생각했다.

"아니." 스쿠어트는 대답했다. "사실 적시다."

"나는 그루트다." 나무가 머리를 흔들며 말했다.

"동감이야." 나도 중얼거렸다.

"너희 표현에 따르자면, 이 옴니움 '상자'는 핵을 흡수할 수 있어. 그러니 처리기 옆에 갖다놓으면 흡열핵이 알아서 들어갈 거다. 그런 다음 상자를 내게 가져오면 돼. 그동안 너희 우주선을 고쳐놓고, 보수도 준비해두지." 스쿠어트는 생각했다.

나는 앉은 자리에서 몸을 앞으로 기댄 다음, 술잔을 쭉 들이켰다. "정말 궁지까지 제대로 몰아붙이는군." 나는 놈에게 생각했다. "아무래도 나와 그루트에게는 선택권이 별로 없는 것 같은데."

"없는 거 맞아." 스쿠어트는 자리에서 일어나며 생각했다. "하지만 이 일만 해낸다면 보수는 아주 짭짤하게 쳐서 주지. 그리고 너와 네 나무 친구는 글라보스에 왔던 때와 똑같이 조용히 이곳을 뜰 수 있을 거야."

이 부분에서 나는 콧방귀를 뀌고는 웃음을 터뜨렸다. 도저히 참을 수가 없었다.

스쿠어트는 눈알 모두로 나를 바라보았다. "대체 왜 웃는 거지?" 그는 생각했다.

"그루트와 나는 말이지… 어디든지 조용히 다니는 적이 없어." 나는 놈에게 똑바로 생각해주었다.

"나는 그루트다."

내 친구도 동의했다.

CHAPTER 6

일지 X-AFVM.23

흡열핵처럼 귀중한 게 보관된 처리 시설이라면 당연히 경비가 삼엄할 거라고 생각하겠지. 하지만 그 생각은 틀렸다.

그것보다 훨씬 더 삼엄한 경비가 깔려 있었다.

"저 멍청이들은 대체 이 구역에만 몇 명이 깔려 있는 거야?" 나는 같은 쓰레기 더미 위에 올라와 있던 그루트에게 물었다. 우린 이미 술집을 나온 후 정착지에서 떠나 온 상황이었다. 정착지 바깥은 쓰레기장이다. 말 그대로 쓰레기장이다. 눈에 보이는 곳마다 쓰레기 천지다. 오래된 중고 우주선과 쓰레기, 쓰레기로 가득 찬 우주선 그리고 더 많은 쓰레기 더미로 뒤덮여 있다.

스쿠어트는 우리에게 처리 시설의 좌표를 알려주었으며, 심지어 그곳까지 자기 우주선을 타고 가라고까지 했다. 하지만 '자신은 프로라서' 이곳까지 직접 오고 싶어 하지는 않았는데, 아마 저 말은

'나는 게을러터진 겁쟁이기 때문에'라는 뜻일 것이다. 분명하다.

어쨌든 나와 그루트는 처리 시설과 최대한 가까운 곳에 우주선을 착륙시킨 다음 이 거대한 쓰레기장까지 와서, 시야를 최대한 확보하기 위해 높이 쌓여 있던 쓰레기 더미 위에 올라왔다. 저 밑에는 처리장의 중앙 시설로 이어지는 컨베이어 벨트가 몇 개 보였다. 아마 저 벨트를 타고 가는 쓰레기들은 모두 흡혈핵으로 가서 소각되겠지.

우선 쌍안경으로 시설을 훑어본 다음 그루트에게 쌍안경을 건네자, 그루트는 그걸 잠시 들여다보더니 저 밑의 쓰레기들 속으로 던져버렸다.

아까워라.

"시설 곳곳에 경비들이 깔려 있어." 나는 그루트에게 속삭였다. "적어도 쉰 명은 되겠는데."

"나는 그루트다." 그루트는 즉각 대꾸했다.

"정말, 쉰둘이라고? 정확하게? 네가 어떻게 알아? 쌍안경으로 자세히 보지도 않고 그냥 던져버렸으면서."

"나는 그루트다."

"그래, 그렇다 치자. 너랑 말싸움하기도 싫다. 그냥 들어가서 핵을 갖고 빠져 나오는 거야. 아무래도 시설에 가장 간단하게 잠입하려면 컨베이어 벨트를 타고 들어가야 할 것 같은데." 나는 이렇게 말한 다음 쓰레기 더미 위에서 빠르게 내려가기 시작했다. "저길 통과하려면 쓰레기에 몸을 숨겨야겠어."

"나는 그루트다."

"뭐, 쓰레기로 위장하기에는 네 자존심이 너무 높으시단 거냐?"

일지 3X-AFVM.24

컨베이어 벨트를 타고 가자는 아이디어는 지금껏 내가 짜낸 아이디어 중에 최고이자 최악의 발상이었다. 최고였던 이유는 저 밥맛들에게 전혀 들키지 않고 완벽하게 잠입할 수 있었기 때문이었다.

하지만 최악이었던 이유는 알고 보니 이 컨베이어 벨트가 '용해 구덩이(이 이름도 나중에야 알았다)'라는 시설에 직통으로 연결되어 있었던 것이다.

정확하다. 이 용해 구덩이는 지금 여러분이 생각하고 있는 그런 시설이다. 엄청 큰 구덩이인데 여기 빠지는 것은 모조리 녹여버린다.

그러니까 우리 같은 것.

다행히 우린 녹지 않았다. 하마터면 녹아버릴 뻔했지만. 그루트 덕분이다.

우리는 구형 V급 순양함의 찌그러진 선체에 숨어들어갔다. 아마 부자 놈들이 휴양 행성으로 휴가를 떠날 때 타고 다녔던 우주선인 것 같다. 아직 선체에 좌석도 몇 개 남아 있었기 때문에, 그 밑에 숨어 있었다. 나는 그루트보다 편했는데, 알다시피 그루트는 도저히 작다고는 할 수 없는 덩치지 않나.

우주선에서는 사방에서 선탠 로션 같은 냄새가 났는데, 정말 놀라울 정도로 역겨웠다. 썩어가는 쓰레기의 악취를 맡고도 토할 것 같지는 않았는데, 선탠 로션 냄새는 맡자마자 속에서 올라올 것 같은 느낌이 들다니 좀 웃겼다.

생각해보면 이상하지.

이렇게 모든 것이 완벽하게 진행되고 있었고, 우리는 아무 소리도 내지 않은 채 컨베이어 벨트를 따라서 경비들의 코앞을 지나쳤다.

"여기 좀 덥지 않냐?" 나는 그루트에게 속삭였다.

"나는 그루트다." 그루트는 다리가 거의 얼굴에 닿을 정도로 몸을 접고는 말했다. 그제야 나는 주변이 좀 더운 수준이 아니라는 사실을 깨달았다.

엄청나게 더웠다.

뭔가 잘못됐단 사실을 깨달았지만, 우린 아직 처리 시설에 완전히 침투하지 못한 상황이었다. 지금 우주선에서 뛰쳐나간다면 경비들에게 들킬 것이고, 그러면 한바탕 총 싸움을 벌일 판이었다. 총싸움이 싫다는 건 아니지만, 그랬다간 핵을 몰래 훔쳐 빠져나간다는 계획의 성공률이 거의 0에 가까워진다는 게 문제였다.

그래서 우린 계속 버텼고, 시설에 들어가자마자 유리창 너머로 컨베이어 벨트의 종착지가 보였다.

이 벨트는 용해 구덩이까지 곧장 직통으로 이어져 있었다. 컨베이어 벨트의 끝에서는 거대한 용광로가 입을 쩍 벌린 채 불꽃을

날름거리고 있었다. 벽은 굉장히 좁았고, 컨베이어 벨트의 양 옆을 단단히 틀어막고 있었다. 이 벽을 타고 올라갈 수 있지 않을까, 하고 생각해보았지만 소용없었다. 벽 가까이에 손을 가져가보니, 표면에는 닿지도 않았는데 벌써부터 화상을 입을 것처럼 뜨거웠던 것이다.

"망했다." 나는 말했다.

"나는 그루트다."

세상에, 지당한 말이었다.

불꽃이 점점 다가오고 있었다. 아니, 정확히 말하자면 우리가 점점 불꽃에 다가가고 있었다.

어느 쪽이든 우린 녹아버릴 판이었다.

CHAPTER 7

일지 3X-AFVM.24.5

그루트에게 혹시 좋은 생각 있으면 지금 내놓는 게 좋을 거라고 말했던 기억이 난다.

그리고 그루트가 나를 쳐다보더니 어깨를 으쓱하던 것도 기억난다. 최소한 내가 보기에는 그런 것 같았다. 그때는 아직 그루트의 몸짓을 잘 알아보기가 힘들었던 시절이라. 하지만 그루트와 오랫동안 어울리면서 녀석이 무슨 표현을 하는지 알아보기는 점점 더 쉬워졌다. 그러니 이 경우에는 아마 아니라고 하는 것 같았다.

전혀 도움이 되지 않는 대답이었다.

그러니 모든 것은 나한테 달려 있었다.

우리는 거대한 쇳덩어리에 몸을 숨긴 채 마치 돼지 떼처럼 땀을 뻘뻘 흘리며 컨테이너 벨트 위를 굴렀고, 거대한 용광로에서는 불꽃이 뿜어져 나왔다. 무슨 불지옥에라도 떨어진 기분이었다. 차라리 불지옥도 여기보다는 더 시원하겠지.

"나는 그루트다." 그루트가 말했다.

그래서 나도 말했다. "네 말투가 마음에 안 들어. 뭐, 난 안 더운 것 같아? 난 죽고 싶은 것 같아? 대답해주지. 나도 덥거든. 그리고 죽기 싫다고!"

상황은 꽤나 좋지 않게 흘러가고 있었다. 그러다 웃기는 일이 일어났다. 진짜로 '하하하' 하고 웃음이 나올 만한 일이 생겼단 뜻은 아니다. 그보다는 '이렇게 어이없는 꼬라지는 내가 살면서 본 적이 없는데' 쪽에 더 가까운 일이었다.

컨베이어 벨트가 우리를 죽음의 구렁텅이로 몰아넣기 일보 직전에 갑자기 '쾅' 하고 귀청 찢어지는 소리가 나더니 컨베이어 벨트가 멈춰버렸다. 그러더니 온통 시꺼멓고 두꺼운 연기가 사방을 덮어버렸다. 정말 아무것도 보이지 않았다!

"운도 좋지." 나는 그루트에게 말했다. "뭔가가 이 기계를 제대로 망가뜨린 것 같아. 당장 여길 빠져 나가서 흡열핵을 가져오자고!"

주변을 덮은 연기는 우리에게 선물이나 다름 없었다. 솔직히 이 선물을 누가 줬는지는 관심 없었다. 그냥 받으면 그만이지. 고장 난 컨베이어 벨트를 고치려는 일꾼들이 서둘러 움직이는 소리가 근처에서 들렸다. 사람들의 소리는 점점 가까워지더니, 곧 누군가 우리의 코앞까지 다가왔다.

나는 그 사람의 다리를 잡아채서 넘어뜨렸다. 시커먼 연기 때문에 한치 앞도 보이지 않았겠지만, 그래도 나와 그루트의 코앞까지 끌고 왔다면 우리 얼굴 정도는 보였겠지. 여러분도 진짜 그 녀석의 표정이 어땠는지 직접 봤어야 했는데! 아마 우리 같은 놈들을 보게 될 줄은 상상도 못 했을 것이다.

그 녀석은 소리를 지르려고 했지만 그루트가 그 커다란 손으로 한 방에 기절시켰다. 나는 그 모습을 보며 그루트를 열 받게 만들면 안 된다는 사실을 다시 한번 되새겼다.

그런 다음 우리는 기절한 녀석의 손에서 방열 장갑을 벗겼다. 역시나 한쪽 장갑의 손등에 자그마한 칩이 하나 박혀 있었다.

"나는 그루트다!"

"그래, 나도 봤어." 이런 칩이 있을 줄 알았다. 이 작은 칩은 시설의 내부를 어디든지 출입할 수 있게 해줄 것이었다. 이 직원도 칩 덕분에 처리 시설 곳곳을 돌아다닐 수 있는 거겠지. 나는 장갑을 두 짝 다 낀 다음, 그루트와 함께 연기 속에서 뛰었다.

우리는 컨베이어의 끝까지 도착했지만 여전히 아무것도 보이지 않았다. 일꾼들이 컨베이어 벨트에서 내려갈 때 쓰는 사다리가 분명 근처에 있을 터였다.

대체 어디 있지?

시간이 그다지 많지 않았다. 연기는 이미 걷히기 시작했고, 일꾼 중 한 명이 벌써 내가 기절시킨 녀석을 발견해버렸다. 주변에서 온갖 비명이 들려오면서 분위기에 긴장감이 돌기 시작했다.

으, 인간들이란.

연기가 조금 더 걷히자 우리한테서 겨우 몇 미터도 떨어져 있지 않은 벽에 사다리가 하나 설치되어 있는 것을 발견할 수 있었다.

"저걸 타고 가자, 그루트. 후딱 빠져나가자고!"

"나는 그루트다."

"아니, 더 좋은 생각은 안 떠올라."

그래서 그루트는 몸을 숙여서 바닥에 바짝 붙이고는, 자신의 두 팔을 늘려서 사다리 밑단을 잡았다. 그런 다음 내가 녀석의 등에 뛰어올라 사다리까지 달려갔다. 내가 사다리를 오르기 시작하자, 그루트도 따라왔다.

일이 꽤 잘 풀리고 있었다.

그러다 제대로 꼬이고 말았지만.

CHAPTER 8

일지 3X-AFVM.24.6

사다리를 다 올라왔을 때, 내 눈 앞에는 블래스터의 총구가 있었다.

블래스터를 쥐고 있는 녀석은 평생 총이란 걸 잡아본 적이 없는 것 같았다. 온몸을 덜덜 떠는 데다 윗입술도 파들파들 떨리고 있었고, 뭔가 굉장히 잘못된 것처럼 엄청나게 식은땀을 흘리고 있었다. 참 꼴불견이었다.

"이봐." 나는 그 녀석에게 낮고 평온한 목소리로 최대한 신뢰감이 들도록 애쓰면서 말했다. "솔직히 뻔한 전개잖아. 내가 네 손에서 그 총을 뺏은 다음, 내 친구가 네 머리를 되게 세게 후려쳐서 기절시킬 거란 건 너도 알고 나도 아는 사실이야."

"무— 물러 서!" 그 녀석이 양손을 덜덜 떨며 말했다. 끽하면 너무 무서워서 우리한테 오발 사고라도 낼 판이었다. 그만 꼴로 저세상 가기는 싫다.

"나도 물러서고 싶어." 나는 말했다. "진짜야, 그러고 싶다니까. 그런데 나한테 그런 선택지는 없어. 그러니까 좋게 좋게 가자고. 그리고—"

다음으로 내가 본 것은 웬 덩굴 뭉치가 내 어깨 뒤쪽에서 날아와 완전히 겁먹은 그 녀석의 머리를 제대로 후려치는 광경이었다. 그것도 엄청 세게.

녀석은 쓰러지면서 무기를 떨어뜨렸고, 그 총이 바닥에 부딪히면서 발사된 광선은 내 얼굴을 아슬아슬하게 빗나갔다.

"지금 나랑 재랑 좋은 말로 합의를 보고 있었잖아." 나는 바닥에서 무기를 주우면서 그루트에게 말했다. "하마터면 죽을 뻔했다고!"

"나는 그루트다." 그루트가 한 말은 이게 다였다.

신경줄도 참 굵은 놈이야.

그래도 인정해야겠다. 방금 그루트는 정말 예쁜 짓만 골라서 해줬다. 상당히 큰 덩치를 가진 덕분에 공간도 많이 차지하는 주제에 필요하다면 굉장히 조용해질 수도 있었다. 녀석은 단 한마디도 하지 않고 곧장 행동으로 옮겼다. 그런 파트너를 뒀다니 나도 참 행운아인 거다.

그루트에게는 내가 이런 말 했다고 절대 알려주지 마라. 그놈이 우쭐거리는 꼴은 절대 못 봐주니까.

마지막 장애물까지 해결한 우리는 복도 끝에 있는 통제실을 향해 달렸다. 스쿼어트의 말대로라면 흡열핵은 바로 여기 있을 것이었다. 마침 시설에서 일하는 사람들은 다들 컨베이어 벨트의 고장 원인을 밝히느라 분주한 것 같았다. 저게 갑자기 먹통이 되지 않았더라면 어떻게 여기까지 올라왔을지 상상도 안 간다.

통제실 문에는 커다란 위험 표지가 붙어 있었다. "여기가 확실하구만." 나는 이렇게 말한 다음 문을 열었다. 물론 그 방에는 흡열핵이 있었다. 정말 구슬만큼 자그마한 물건인데, 두께 구십 센티미터짜리 콘크리트 차단벽 너머에서도 엄청 밝게 빛나고 있었다. 덕분에 황급히 눈을 돌려야 했다.

크기는 작을지 몰라도 나는 이 물건을 절대 얕볼 생각이 없었다. 그건 꼭 내 몸집이 작다고 해서 인성도 착할 거라고 착각하는 것과 똑같은 짓이다. 아주 아주 큰 실수고말고.

"이제 어려운 부분이군." 나는 그루트에게 말했다. "핵의 출력을 낮춘 다음 스쿠어트가 준 머시기 상자를 그 옆에 둬서 흡수시켜야 돼. 그리고 바로 튀는 거야."

"나는 그루트다."

"그래, 나도 알아."

일지 3X-AFVM.24.62

하루 온종일 운수가 기막히게 잘 풀려서 손대는 일마다 도저히 실패할 수가 없을 것만 같은 하루를 보내본 적이 있나?

난 그런 적이 단 한 번도 없다.

"나는 그루트다!" 그놈은 계속 저 말만 되풀이할 뿐이었다.

"네가 누르는 걸 내 눈으로 똑똑히 봤다고!" 나도 지지 않고 악을 썼다. 화가 머리 끝까지 났다. 흡열핵을 꺼내기 위해 억제 장치의 출력을 낮추느라 한창 바쁜 판인데, 그루트가 눌러서는 안 되는 버튼을 실수로 눌러버린 것이다. 그놈은 자기가 안 그랬다고 징징거렸지만, 분명 놈이 누른 거다. 얘가 누른 게 아니라면 경보가 저렇게 울려댈 이유가 없으니까!

"나는 그루트다." 그루트는 웅얼거렸다.

이런 멍청한 녀석.

그러다가 바깥이 시끌시끌하더니, 막 소리를 질러대며 금속 사다리를 밟고 올라오는 사람들의 발소리가 들렸다.

"저놈들 주의를 딴 곳으로 돌려야 해, 그루트. 뭐라도 좀 해봐. 빨리!"

그루트는 망설이지 않았다. "나는 그루트다!" 녀석은 이렇게 말하고는 어디론가 뛰어가버렸고, 나는 혼자 남아서 흡열핵을 어떻게 분리해야 할지 궁리했다. 알고 보니 스위치 몇 개만 내리면 될 일이었다. 꽤 간단했다.

차단벽 뒤에서 핵의 빛이 사그라들었다.

여기까진 좋은데.

그러더니 내 앞의 통제 화면에 숫자 30이 뜨더니, 숫자가 하나씩 줄기 시작했다. 무슨 뜻인지는 분명했다. 삼십 초 내로 흡열핵을 꺼내란 뜻이겠지. 이 시간을 넘겼다간 핵이 도로 화끈해져서 나는 물론이고 반경 육십오 킬로미터 내에 있는 모든 것을 잿더미로 만들어버릴 테니까.

반경 육십오 킬로미터 어쩌고 하는 부분은 그냥 대충 찍은 거다. 극적인 전개 좋잖아?

내가 개방 레버를 당기자, 차단벽이 서서히 올라가기 시작했다. 천천히. 아주… 천천히… 마치 영원히 열리지 않을 것만 같은 속도였다.

차단벽이 삼십 센티미터 정도 올라가자, 나는 땅에 바짝 엎드려 벽 밑에 생긴 틈으로 비집고 들어갔다.

그 안에 흡혈핵이 휴면기에 들어간 채 얌전하게 놓여 있었다. 웃기는 건 핵 저장고의 내부가 그다지 덥지도 않았다는 점이다. 오히려 좀 추웠다. 출력이 억제된 핵은 그냥 자그마한 금속 구슬 같았다.

나는 흡열핵 보관함이 들어있는 자그마한 유리 상자에 그 머시기 상자를 갖다 댔다. 그런 다음 마냥 기다렸다. 그러다가 고개를 들어 저장고 내에 설치된 타이머를 바라보았다.

21.

20.

19.

빨리, 빨리….

핵이 머시기 상자에 흡수되는 것도 더럽게 오래 걸렸다. 어쩌면 이게 다 함정 같은 건 아닌가 하는 의심이 들기 시작했다. 스쿠어트가 우리 둘을 그냥 죽으라고 여기에 보낸 건 아닐까?

그러다 갑자기 몇 가지 사건이 한꺼번에 일어났다.

내 손에 있던 머시기 상자에서 '핑' 하는 높은 소리가 났다. 다시 유리 상자를 들여다보자 흡열핵이 사라져 있었다. 좋아, 핵을 손에 넣었다!

그때 아까 컨베이어 벨트에서 일어났던 폭발은 무슨 쓰레기통 걷어차는 소리 수준으로 느껴질 만한 거대한 폭발이 일어났다. 그러니까 엄청 큰 폭발음이 났다는 말이다.

그제야 나는 타이머가 오 초도 남지 않은 데다, 금속 차단벽이 서서히 내려오고 있다는 사실을 깨달았다!

내가 벽 밑으로 몸을 던져 굴러 나가자마자 차단벽이 아슬아슬하게 내려와 닫혔다.

내 꼬리 위로.

얼마나 아팠는지 알아? 꼬리가 금속 벽에 쾅 하고 깔렸단 말이다.

진짜 최악의 고통이다.

어쨌든 흡열핵을 손에 넣었다.

"아니, 흡열핵을 손에 넣은 건 나지." 나는 웬 목소리를 듣고는 주위를 둘러보았다. 하지만 아무도 보이지 않았다.

그제야 나는 이 목소리가 내 머릿속에서 들린다는 사실을 알아차렸다.

CHAPTER 9

일지 3X-AFVM.24.63

"스쿠어트."

나는 머릿속으로 욕을 내뱉듯이 생각했다. 실제로도 퍼부어주고 싶었던 욕이 마음 속에 한 사발은 묵혀 있었으니까.

내 바로 앞 발판에는 스쿠어트가 서 있었다. 뭐, 정말로 '서 있었다'고 말하기는 힘들다, 어쨌든 그놈의 몸은 거대한 점액 덩어리라 자세를 알아보기 힘드니까. 어쨌든 놈은 내 앞에 있었다. 그리고 놈의 촉수 중 하나는 무기를 쥐고는 내 머리에 똑바로 겨누고 있었다.

"로켓, 실례하지만 그 흡열핵은 내가 가져가지." 스쿠어트는 무기를 까불거리며 내가 손에 쥐고 있던 흡열핵을 가리켰다.

"이건 계약에 없었잖아." 나는 생각했다. 그 상황에서 내가 '그루트는 어디 있을까' 하고 궁금해하자, 스쿠어트는 웃음을 터뜨리기 시작했다. 최소한 내가 보기에는 웃고 있었다는 뜻이다. 그 웃음 비슷한 소리는 놈의 콧구멍에서 새어 나오고 있었으니까. 사실 그 소리와 함께 콧물도 왕창 튀어나오는 바람에 좀 역겨웠다.

우웩.

"내가 네 생각을 모두 읽을 수 있다는 사실을 잊었나 보군." 스쿠어트는 생각했다. "그루트는 잠시… 발이 묶였다? 이렇게만 말해 두지."

"그래? 어쩌다가?"

스쿠어트는 바닥 위를 꾸물텅거리며 내 쪽으로 가까이 다가왔다. 그러면서도 무기는 여전히 내 머리통을 똑바로 겨누고 있었다. "지금 아래층에서 경비들을 처리하고 있거든." 스쿠어트는 생각했다. "정말 우연한 일이지만, 누군가 조그만 폭탄을 터뜨리는 바람에 컨베이어 벨트가 고장 났단 말이야. 게다가 또 다른 폭발 때문에 용광로까지도 맛이 갔고."

스쿠어트는 다시 한번 웃음을 터뜨렸다. 물론 콧물도 더 많이 튀어나왔다. 웨에엑.

내가 뭘 했다고 이런 꼴을 당해야 돼?

"이거 좀 헷갈리는데." 나는 스쿠어트에게 생각했다. "그리고 난 헷갈리는 걸 별로 좋아하지 않거든. 처음부터 이렇게 처리 시설을 다 날려먹고 우리한테서 흡열핵을 직접 뺏을 생각이었다면 애초에 우리를 왜 고용한 거야?"

"힘든 일을 대신 해줄 사람이 필요했거든. 너하고 그 나무처럼 생겨먹은 놈은 최고의 인재들이었고. 명성이 꽤 자자하더군."

"어떤 명성?" 나는 생각하면서 주먹을 몇 번 쥐었다 폈다 했다. 상황이 꽤나 꼬여가는 것 같을 때 내 나름대로 투지를 다지는 행동이라고나 할까.

"너도 잘 안다고 생각하는데. 이제 흡열핵을 넘겨. 안 그러면 네 머리를 날려버린 다음 시체를 뒤져서 빼갈 수밖에."

"정 그렇게 나온다면야…." 나는 생각했다.

나는 스쿠어트에게 흡열핵을 넘겼다. 놈은 촉수를 뻗어 흡열핵이 담긴 상자를 쥐더니 자신의 끈적이는 몸 속으로 쑤셔 넣었다. 상자가 점액에 감싸여 사라지는 게 똑똑히 보였다.

놈은 어찌나 만족했는지 내가 자기 총을 밀치고 머리처럼 보이는 촉수로 곧장 달려드는 것도 전혀 알아차리지 못했다.

"뭐 하는 거야?!?" 스쿠어트의 고함이 내 머릿속에 울렸다.

"뭘 하는 것처럼 보이냐, 이 밥맛아?" 나도 곧바로 쏘아붙이면서 발톱으로 앞을 가르기 시작했다. 어쨌든 나는 스쿠어트의 몸을 모조리 파헤쳐서라도 그 흡열핵을 돌려받아야겠다는 생각뿐이었다. 그 끈적한 놈은 내 머릿속에 뭔가 험한 말을 쏟아 붓기 시작했다. 무슨 아기라도 되는 것처럼 귀청이 찢어질 정도로 시끄럽게 신경질을 부리는 것이었다. 그리고 내가 아기들에 대해 어떤 감정을 가졌는지는 너희도 잘 알고 있겠지.

"내 뱃속에서 나가!" 스쿠어트가 소리쳤다. 그때서야 나는 머리라고 생각했던 몸 윗부분이 사실은 배였다는 걸 알았다.

"5초 내로 흡열핵을 내놓지 않으면 당장 영구 복부 절제술을 시켜주마." 나는 생각했다.

"그딴 수술 없거든!" 스쿠어트가 소리쳤다.

유식해서 좋겠다.

"나는 그루트다!"

나는 스쿠어트의 배를 파헤치다 말고, 그루트가 한 손에 경비 한 명씩을 든 채 서 있는 모습을 보았다. 그루트는 경비들이 미처 뭘 하려 들기도 전에 양손에 들려 있던 두 사람을 서로 부딪혀버렸다. 경비들은 축 늘어졌고, 그루트는 둘을 양 옆에 떨어뜨렸다.

"나는 그루트다." 그 덩치 큰 놈이 낄낄거렸다.

"그래 그래, 이제서야 나타나셨으면 나 좀 도와주지?" 나는 그루트에게 소리를 질렀다. 그루트는 성큼성큼 걸어오더니 바로 내 옆에 섰다.

나는 스쿠어트에게 생각을 보냈다. "딱 한 번만 더 좋은 말로 부탁할 거야. 흡열핵을 내놔. 안 그러면 이 주변을 온통 스쿠어트 범벅으로 만들어버릴 테니."

스쿠어트를 좀 변호하자면, 놈이 골칫거리긴 하지만 그래도 멍청한 놈은 아니다. 놈의 몸이 막 부글거리고 흔들거리더니, 잠시 후에 콧구멍에서 콧물에 푹 절여진 흡열핵이 쏙 튀어나와서 내가 내밀고 있던 손에 떨어졌다.

끈적.

우우웩.

"이제 우리 돈과 우주선을 내놔." 나는 놈에게 생각했다.

“돈이랑 우주선— **정신 나갔어?!?**” 스쿠어트는 내 머릿속에 대고 소리를 질렀다. “이제 나한테는 흡열핵도 없다고!”

“돈과 우주선을 내놔, 안 그러면—”

내가 그루트를 가리키자, 녀석은 마치 스쿠어트를 손가락으로 찌르는 듯한 손짓을 했다. 그러더니 스쿠어트의 내용물이 온통 바닥에 흩어져 있는 것 같은 몸짓을 보여주었다. “나는 그루우우우트다.” 그루트는 마치 내장들이 흘러내리는 모습을 흉내 내듯 웅얼거리는 목소리로 말했다.

스쿠어트는 조금도 망설이지 않았다. 놈은 자기 몸 속으로 촉수를 뻗더니 태블릿을 하나 꺼내서 잠시 동안 화면 여기저기를 만지작거렸다.

“됐다.” 스쿠어트는 생각했다. “우리가 합의했던 액수를 보냈어. 그리고 너희 우주선은 우주항에서 완전히 수리된 채 대기 중이야.”

“잘 생각했어.” 나는 스쿠어트에게 생각했다. 그러고 나서 놈의 눈을 똑바로 바라보다가, 다른 눈을 똑바로 바라보다가, 또 다른 눈을 똑바로 바라보다가, 또 또 다른 눈을… 여기까지만 하자. 그러다가 난 놈의 눈에서 지금껏 몰랐던 뭔가를 발견했다.

“그 눈 말야. 의안이야?”

스쿠어트는 어떻게 대답해야 할지 모르는 것 같았다. “그— 그래.” 놈은 더듬거렸다. “그건 왜 물어봐?”

“제안 하나 하지.” 나는 생각했다. “저 의안만 주면, 나는 네가 사람 뒤통수나 치는 더러운 배신자라고 온 은하에 떠벌리고 다니지 않겠어."

쥐를 궁지까지 몰아넣지 말라는 말도 있지만 그때의 나는 스쿠어트를 최대한 궁지로 몰아넣는 게 좋겠다고 생각했다. 어차피 딴 데로 도망가지도 못하는 상황이잖아.

스쿠어트는 툴툴거리지도 않고 자신의 기계 의안을 눈자루에서 빼더니 촉수로 집어서 건네주었다.

나는 의안을 흘끗 보고는 생각했다. "동업 즐거웠습니다. 함께 해서 더러웠고 다시는 보지 맙시다."

그루트와 나는 재빨리 처리 시설을 빠져 나왔고, 내 머릿속에서 다시 스쿠어트의 목소리가 울렸다. "동감이야."

CHAPTER 10

“그거 잠깐 내려놓고 나 좀 도와주지?”

그루트의 눈길이 즉시 로켓 쪽으로 향했다. 그는 니다벨리르로 가는 임무를 맡은 위대한 조종사 겸 선장이 천천히 기지개를 쭉 펴더니, 일어나 앉아서 오른손으로 자신의 머리털을 헝클어뜨리는 모습을 보았다.

그루트는 재빨리 옆에 있던 의료 가방 밑에 태블릿을 밀어 넣었다.

“나는 그루트다.” 그루트는 대답했다. “나는 그루트다.”

“그래, 그 말도 맞다.” 로켓은 일어서서 하품을 했다. “진작 도와줬다고 해도 난 아마 네가 제대로 도와주는 게 하나도 없다고 소리나 지르고 있겠지. 네가 얻는 게 없지, 그치?”

“나는 그루트다.”

그루트는 잠깐이나마 조금 죄책감이 느껴졌다. 로켓의 태블릿을 훔쳐서 게임을 하는 건 괜찮을지 몰랐다. 하지만 친구의 비밀 일지를 읽는 건 과연 괜찮을까? 그것도 허락도 받지 않고?

그건 완전히 차원이 다른 문제였다.

하지만 그래도… 정말 굉장한 이야기지 않은가! 하마터면 비디오 게임보다도 더 재미있을 뻔했다.

하마터면 말이지.

"넌 좀 어때, 토르?" 로켓이 물었다. "너도 계속 조용했잖아."

"그냥 생각 중이야." 아스가르드인이 대답했다.

로켓은 고개를 흔들었다. "생각을 한다라… 그러면 곧바로 문제가 생겨요. 추천할 만한 활동이 절대 아냐." 로켓은 주제도 바꿀 겸 주위를 가리키며 말했다. "여기가 좀 누추해서 미안하네. 당신 무슨 왕 같은 거 아냐? 아마 황금 마차 같은 걸 타고 다녔을 것 같은데."

토르는 웃었다. "아니. 내가 우주를 돌아다닐 때 뭘 썼는지, 또 누구와 함께 돌아다녔는지 알게 되면 놀랄걸."

"나는 그루트다."

로켓은 어깨 너머로 그루트 쪽을 바라보았다. 그루트는 우주선 창으로 바깥을 내다보고 있었다. "뭐, 이젠 국어 선생님 노릇도 하냐?" 로켓이 말했다.

"방금… 나무 네가 내 문법을 교정해준 거야?" 토르는 정말 궁금하다는 투로 말했다.

"그래." 로켓은 목 뒤를 긁으며 말했다. "*네가* 우주'를' 돌아다녔다는 게 아니라 우주'에서' 돌아다녔다는 게 더 적절하대. 그게 더 왕에게 어울리는 문법이라나."

"학창 시절에도 내가 가장 잘했던 과목이 문법은 아니었어." 토르는 인정했다. "'망치 휘두르기 입문'이야말로 내 전공이었지."

"좋았던 시절이군. 좋아, 이제 우린 어디쯤 있는 거지?" 로켓은 다시 본론으로 들어가며 물었다.

토르는 몸을 앞으로 숙여 우주선의 데이터 화면 중 하나를 살펴보았다. "현재 항행 속도라면 대략 세 시간 후에 니다벨리르에 도착할 거야, 선장."

로켓은 토르 쪽으로 고개를 돌렸다. 그러고는 눈을 가늘게 뜨고 자기 주둥이의 콧등 너머로 토르를 바라보았다. "지금 나 놀리는 거냐?"

아스가르드인은 분개한 것 같았다. "아니야." 토르가 말했다. "네가 이 우주선의 선장 아니었나?"

로켓은 그 사실에 대해 잠시 생각하는 것 같았다. "그렇지, 그렇고말고." 로켓은 대답했다. 그러더니 그루트 쪽으로 고개를 돌렸다. "너도 똑똑히 기억해놔라!"

"나는 그루트다."

"저 말버릇도 다 내 탓이지." 로켓은 엄지로 그루트 쪽을 가리키며 말했다. "난 이 쓰레기장에서 먹을 만한 걸 좀 찾아볼게."

그루트는 조종석에 눌러 앉은 다음, 조종 장치 위에 커다란 두 발을 올려놓고는 나뭇가지 같은 두 손을 머리 뒤로 해서 깍지를 꼈다. 그 많은 글을 읽고 나니 피곤했다. 어쩌면 눈을 좀 붙이는 게 좋을 것 같았다.

갑자기 경보가 울렸다.

그루트는 눈을 번쩍 뜨고는 의자에서 벌떡 일어나, 혹시 자기가 건드리지 말아야 할 것을 건드렸나 싶어 잠시 겁을 먹었다. 하지만 다 멀쩡해 보였다.

로켓이 곧장 조종석으로 달려와 그루트에게 소리를 질렀다. "지금 뭘 한 거야? 그 왕발로 뭔가 누른 거 다 알아!"

"나는 그루트다!" 나무는 항변했다.

"이 문제는 나중에 이야기하자. 일단 뭐가 문제인지부터 알아낸 다음에 말이야."

"그럼 지금은 모른단 말이야?" 토르가 물었다. 목소리에서 걱정이 묻어 나왔다.

"내가 아는 거라곤 지금 여기서 경보가 울리고 있으니, 저 아래에서 뭔가 문제가 생겼다는 것뿐이야." 로켓은 자기 발 아래를 가리키며 말했다.

로켓은 벽에 붙어 있는 금속판으로 달려갔다. 이 금속판 왼편에 뚫린 구멍에는 세 개의 레버가 튀어나와 있었다. 로켓이 아래쪽으로 고정되어 있던 레버들을 모두 위로 올리자, 냉각 기체가 조종석으로 흘러 들어가는 듯이 짧게 '쉭' 하는 소리가 났다. 로켓은 금속판을 떼어낸 다음 거기 뻥 뚫린 구멍으로 기어 올라갔다.

"이걸 좀 고쳐야겠다." 로켓이 말했다. 그는 구멍 속으로 한쪽 발을 올리고는 그루트를 바라보며 말했다. "내가 돌아오면 우리 얘기 좀 하자!"

그루트는 로켓이 승강구 속으로 사라지는 모습을 보면서 "나는 그루트다"라고밖에 할 수 없었다.

그루트는 조용히 씩씩거렸다. 로켓은 왜 맨날 뭔가 잘못되면 곧바로 날 탓하는 걸까? 왜 그루트가 자기 잘못이 아니라고 해도 믿어주지 않는 것일까?

"나 같으면 걱정하지 않겠어, 나무야." 토르가 그루트의 마음을 읽었다는 듯이 말했다. "나는 저런 부류의 성격을 잘 알지. 그저 머리를 식힐 시간이 필요할 뿐이야. 그러니 다시 돌아오면 모든 게 다 괜찮을 거야."

"나는 그루트다." 그루트는 낙담한 목소리로 말했다.

"그래, 아닐 수도 있지."

토르는 그루트로부터 몸을 돌려 조종석 근처의 조종 장치로 걸어갔다. 여전히 경보가 울리고 있었다.

"좀 어때?" 선체 밑의 좁은 진입구 쪽에서 로켓이 소리를 지르는 게 들려왔다.

"내가 뭘 보고 판단해야 하는 건데?" 토르가 물었다.

"경보가 꺼졌는지 보면 되지, 또 뭐가 있겠어!" 로켓이 윽박질렀다.

경보는 더 커지기만 한 것 같았다.

"어째 상황이 더 악화된 것 같은데. 지금 네가 뭘 하고 있는지 정확히 알고는 있어?"

"이런 배은망덕한 것들 같으니." 로켓이 소리쳤다. 그 뒤로 뭔가 알아들을 수는 없지만, 그루트의 생각에는 왠지 욕설일 것 같은 소리들이 줄줄이 따라왔다.

토르와 로켓이 우주선을 수리에 집중하고 있는 사이, 그루트는 다시 자기 자리로 돌아와 의료 가방 밑에 있던 태블릿을 꺼냈다. 태블릿의 화면에는 부드럽고 매혹적인 불빛이 흘러나오면서 자신을 다시 찾아준 그루트를 환영했다. 갑자기 친구의 일지를 마음대로 읽는다는 죄책감이 싹 사라졌다..

"나는 그루트다." 그는 툴툴거리고는 다시 일지를 읽기 시작했다.

CHAPTER 11

일지 3X-AFVN.12.4

나와 가디언즈 오브 갤럭시는 반'란이라는 녀석을 상대하다가 조금 피해를 입고 말았다. 반'란이라는 녀석은 조그만 우주 아메바들이 모여서 이루어진 거대 우주 아메바다. 이 괴물은 하마터면 *밀라노*를 박살내고 우리 모두를 죽일 뻔했다. 하지만 언제나 그렇듯 나와 그루트, 드랙스, 가모라, 그리고 퀼은 멀쩡하게 살아남을 수 있었다.

하지만 *밀라노*는 운이 없었다. 밀라노는 반'란과 싸우다가 녀석에게 동력을 모조리 빨아 먹히는 바람에 그냥 아무 쓸데없이 덩치만 큰 우주 쓰레기가 되어버렸다.

우린 그렇게 생명 유지 장치도 꺼질 때까지 영원히 떠돌다가 가디언즈 오브 갤럭시 모양의 얼음 덩어리가 될 수도 있었지만, 대신 노바 군단에게 구출되었다.

이것도 더 이상 현상 수배범이 아니게 된 덕분에 얻은 장점인 것 같다. 우리가 로난으로부터 **우주를 한번 구해낸 다음**, 잔다르인들은 우리의 전과를 모두 말소해주었다.

그렇다고 내가 범죄를 저질렀다고 인정하는 건 아니다. 독자 여러분은 참고하시라.

어쨌든 노바 군단은 *밀라노*를 '교역소'까지 견인해주었다. 이 교역소라는 인공 행성에서는 우주선이든 무기든 뭘 갖고 오든 다 고쳐준다. 수리공들이 밀라노에 들러붙어 작업을 하는 동안 나와 가디언즈 오브 갤럭시는 가장 가까운 술집을 찾아서 시간이나 죽이기로 했다.

그러다가 로만 데이를 만났다. 이 양반은 노바 군단 소속이다. 예전에도 만난 적 있는데, 내 생각에는 괜찮은 사람이다.

데이는 웬 긴 코트를 입은 괴짜와 함께 있었다. 범죄자를 호송하는 모양이었다.

"안녕하세요, 데이. 여기 있는 친구는 누구랍니까?"

"난 네 저승사자다, 피터 퀼!" 그 녀석이 소리쳤다.

머저리 같은 놈.

"이 친구는 그냥 골칫거리지, 그렇고말고." 데이는 그 밥맛이 걸친 코트 깃을 잡고 땅으로 내동댕이쳤다. "내 우주선을 훔쳤거든! 믿어지나? 잠깐 재미 좀 보자고 내 우주선을 타고 나갔대. 듣자 하니 우주로 나갔을 때 문제가 생겼다는군. 그래서 누군가 이 녀석을 격추해서 엔진을 꺼뜨려야 했어. 그렇게 체포해서 데려오다가 자네들과 만난 거야.."

나는 대충 상황을 파악하고는 술집에 가려고 몸을 돌렸다.

하지만 퀼은 아니었다. 아니고말고. 퀼은 그 입을 닥칠 수가 없으니까.

"그런데 좀 궁금한걸." 퀼이 말했다. "네가 왜 내 저승사자인데?"

나는 소리를 지르고 싶었다. **"그 자식이 왜 네 저승사자인지 누가 상관한다고 그래? 그냥 한잔하러 가자고!"** 하지만 나는 매너를 알기에 가만히 있었다.

이 코트 입은 머저리는 우리가 '제미아의 부츠', 그러니까 노웨어(대충 이러저러한 행성이다. 그냥 넘어가자)의 술집에서 벌였던 일을 이야기했다. 듣자 하니 그때 나와 드랙스가 말다툼도 벌이고 드잡이도 하다가 한참 진행 중이던 올로니 경주를 엎었다나. 여기서 올로니란 조그만 설치류 동물을 이야기하는 건데, 사람들은 이 동물들과 프'사키라는 파충류를 붙여놓고 경주를 벌인다. 또 듣자 하니 그 판에 판돈이 꽤 크게 걸려 있었는데, 그중에서도 이 밥맛이 가장 많은 돈을 걸었다고 한다.

"너하고 네 멍청한 친구들이 멍청한 싸움을 벌이는 바람에 올로니 경주를 다 망쳤잖아!" 그 녀석은 소리쳤다. "그 판은 내가 이기고 있었다고! 내가 이길 수도 있었다고! 그런데 돈을 다 날렸단 말이다!"

"잠깐만." 퀼은 말했다. "그래서 우릴 죽이고 싶으시다…?"

"그래!" 머저리가 소리쳤다.

"…네가 돈을 날려서…?"

"그래!"

"…그것도 도박판에서?"

"널 죽일 수 있었는데! 우주로 날려버리기 직전이었단 말이야!"

"일진 참 괴상한 날이네." 퀼은 말했다.

우리는 데이가 그 코트 입은 녀석을 끌고 가는 모습을 보고 더 이상 신경도 쓰지 않았다.

일지 3X-AFVN.12.6

나는 드랙스와 함께 술집에 앉아 꽤 좋은 기분으로 이런저런 생각을 하고 있었다.

"우리가 정말 그자의 인생을 망쳤다고 생각하나?" 드랙스가 물었다.

난 드랙스가 갑자기 내게 이따위 철학적인 질문을 던졌다는 게 믿기지 않았다. 술집에서 긴장 다 풀고 한잔하고 있는데, 굳이 그렇게 분위기를 다 엎어야만 했을까? 그래서 나는 고개를 젓고 말했다. "무슨 상관이야. 그 자식은 우리 인생을 망치려 들었어. 누가 그딴 걸 상관한다 그래?"

"나는 상관하지." 드랙스는 한잔 들이키며 말했다. "나는 누군가 내 친구들을 해하려 든다면 크게 상관해."

“망할, 또 시작이네.” 앞으로의 전개는 뻔했다. 이제 드랙스는 내게 이런저런 감상적인 말들을 늘어놓는 것부터 시작해, 가디언즈 오브 갤럭시가 자신의 새로운 가족이 되었느니, 자신에게 남은 건 너희들뿐이라느니, 자신은 울음을 터뜨릴 테지만 아무에게도 자기가 우는 모습을 보일 수는 없다느니, 뭐 이따위 얘기들을 풀어놓을 테지. **그딴 걸 대체 누가 신경 쓴다고?**

바로 그때 로만 데이가 다시 나타나 내 옆자리에 앉았다. 천운이었다.

“야아, 또 만났네. 헤이 헤이 로만 데이!” 나는 말했다. “이거 라임 쩌는데.”

“정말 대단하다. 너무너무 참신한데. 내 생애 처음 들어보는 라임이야.” 데이는 바텐더에게 한 손을 들어 보이며 한잔 달라는 신호를 보냈다.

“정말이야?” 나는 뭔가 속은 느낌이 들어서 물었다.

“아니. 다들 한 번씩은 던져보더라. 맨날 자기가 처음으로 생각해낸 줄 알아. 정말 진부하다니까.”

바텐더는 데이 앞에 술잔을 두고 진한 황금빛 액체를 반 잔 정도 따라주었다. 딱 봐도 데이는 이 술집에 처음 온 것이 아니었다. 바텐더가 손님의 주문을 기억해준단 건 언제 보아도 굉장히 감명 깊은 장면이다. 그렇다고 내가 놀랍다는 내색을 하지는 않았지만.

“그래서 뭔 일로 온 거야?” 나는 필요 이상으로 살짝 공격적인 태도가 되어 물었다. “우리가 뭐 잘못한 거라도 있나?”

데이는 웃었다. "내가 아는 바로는 없지. 내가 호송한 용의자가 체포 절차를 밟는 중이라 시간이나 좀 때우러 왔어. 너희 같은 좋은 사람들과 시간을 보내는 게 좋겠다 싶더라고."

난 도저히 믿기지가 않았다.

"좋은 사람들? 우리가?" 다시 물어볼 수밖에 없었다.

데이는 고개를 끄덕였다.

CHAPTER 12

일지 3X-AFVN.12.8

로만 데이와 오랫동안 어울리다 보면 두 가지 사실을 알게 된다:

데이는 술값을 내준다.

데이는 엄청 좋은 사람이다.

그냥 술값만 내준다고 해서 엄청 좋은 사람이란 게 아니다. 정말 괜찮은 사람이다. 노바 군단 소속 치고는 말이다.

이 점은 내 이론, 그러니까 바텐더가 굳이 주문을 기억해주는 단골 손님이라면 오랫동안 알고 지낼 만한 가치가 있는 사람이란 생각을 뒷받침해준다.

"하나 물어보자." 데이는 자기 술잔을 한 모금 들이키며 내게 말했다. "퀼하고는 어떻게 엮이게 된 거야?"

"이미 알고 있잖아? 그쪽이 직접 우릴 죄다 체포했었잖아? 뭐 기억상실이라도 겪는 거야?"

"아니, 무슨 일이 있었는지는 알지. 그냥 그 이야기 듣는 게 좋아서 그래."

사실 딱히 이야기랄 것도 없다. 나와 그루트는 퀼에게 걸린 현상금을 차지하려고 잔다르에 갔다. 그때 퀼은 모라그 행성에 있던 오브라는 물건을 라바저스로부터 훔쳐낸 상황이었다. 녀석은 이렇게 욘두 우돈타를 배신하는 바람에 목에 현상금이 걸리고 말았다. 나와 그루트는 돈이 필요했고, 그래서 퀼이 오브를 잔다르에 팔려고 왔을 때 덮치려는 계획을 짰다.

계획은 꽤 잘 굴러갔고, 우린 퀼을 잡기 직전까지 갔었다. 하지만 우리는 결국 실패했고 다 같이 노바 군단에게 체포되고 말았다. 그런 다음 우리는 퀼과 가모라와 함께 킬른이라는 감옥에 갇혔고, 거기서 드랙스를 만나 함께 힘을 합쳐 탈옥한 다음 어쩌고 저쩌고, 나머지 얘기는 다들 알겠지.

"그런데 뭘 그리 많이 물어보고 그래? 아무도 얘기를 안 해줘?"

데이는 미소를 짓고는 자기 잔을 한 모금 마신 다음, 테이블에 올려놓았다. "자, 난 이제부터 너한테 퀼이 모르는 얘기를 해줄 거야. 그리고 네가 웬만하면 이 얘길 아무에게도 해주지 않을 거라고 믿어. 이 교역소를 떠난 후에도 말이야."

갑자기 이 대화가 훨씬 더 흥미로워졌다.

나는 몸을 앞으로 숙이면서 술잔 바로 위까지 머리를 가져다 댔다. 굉장히 극적인 장면이었다. "퀼을 죽이고 싶어 했던 그놈 얘기, 맞지?"

데이는 고개를 끄덕였다.

"그 왜, 나는 솔직히 입이 무겁다고는 할 수가 없는 사람이야." 나는 말했다. "심지어 어떤 놈들은 나보고 입 싼 놈이라고 부르더라고. 물론 날 그렇게 부른 놈들은 다들 의식을 잃게 만들어줬지만."

"그건 말이야." 데이는 주위를 둘러보며 말했다. 마치 누군가 엿듣고 있는지 확인하는 것 같았다. "네가 정말 입 싼 *놈이라서* 그래."

"아니거든."

데이가 몸을 더 가까이 숙였다. "내가 너한테 이 이야기를 왜 해주냐 하면, 넌 너무 입이 싼 놈이라서 아무도 네 말을 믿어주지 않을 거거든. 또 네가 이 얘기를 누군가에게 발설한다면, 내가 직접 널 잡아서 다시 킬른에 넣어줄 거야."

"허세도 참." 나는 데이의 눈을 똑바로 바라보며 말했다.

"그럴지도 모르지." 데이는 씩 웃으며 말했다. "알아낼 방법은 딱 하나뿐이야."

난 내 잔을 쭉 들이킨 다음 손등으로 입을 닦았다. "그래서 얘기할 거야, 말 거야?"

"아까 그 녀석." 데이가 엄청나게 조용한 목소리로 말했다. "그놈 이름은 미어 카알이야."

"음." 나는 그 이름이 내게 엄청난 의미라도 가진 체하며 말했다. 그럴 리는 없었지만.

"그놈 크리인이야."

"음." 난 다시 말했다.

"음… 지금 너 이해를 못 하는 것 같은데, 그렇지?"

"뭘?"

데이는 한숨을 쉬었다. "미어 카알이 퀼에게 '복수하겠다'는 이유가 정말 퀼 녀석이 노웨어에서 사고 한 번 쳤기 때문이라고 생각해?"

"솔직히 그런 것 같은데. 근데 그쪽이 그렇게 말하는 걸 들어보니 또 아닌 것 같아지네."

"아니고말고. 카알은 크리 소수파 소속의 인물이야. 그리고 그 분파는 현재 잔다르와 크리의 휴전 협정을 달가워하지 않는다는 점만 말해두지."

"슬슬 전부 이해가 되는 부분이 나왔으면 하는데." 정말 그랬다. 슬슬 머리가 아파올 지경이었다. 데이와 어울리는 것도 재미있기는 했지만, 그만큼 어딘가 딴 곳으로 가서 눈이나 몇 시간 붙였으면 좋겠다고 느껴지기도 했다. 드랙스는 이미 우리에 대한 감정이 북받쳐 오르는 바람에 자리를 비웠고, 이제 여기에는 나와 데이뿐이었다.

"카알의 누나는 크리-잔다르 전쟁 당시 활약하던 거물 과학자야." 데이가 지껄였다. "그녀가 어딘가에 무기를 산더미만큼 숨겨놓았다는 추측이 있고, 카알이 소속된 크리 소수파는 아마 이 무기를 정말 손에 넣고 싶어 할 거야."

"한번 찍어보지." 내가 말했다. 실제로 엄청나게 잘 찍기도 하고. "놈들이 교역소 어딘가에 무기를 숨겨뒀군."

"아냐." 데이가 나를 재미있다는 듯이 쳐다보며 말했다. "그러려면 너무 우연이 겹치지. 인생은 그렇게 돌아가지 않는다고."

나는 어깨를 으쓱했다. "아닌가 보네."

"우린 미어 카알이라면 그 무기들이 어디 숨겨져 있는지 알고 있을 거라 추측하고 있어. 하지만 놈이 입을 열려고 들지 않아. 그래서 내 생각에는 어쩌면 네 특출난… 재능을 활용하면… 놈이 정보를 뱉도록 설득할 수 있을 것 같아서 말이야."

세상에. 믿을 수가 없었다. 노바 군단이 내게 도움을 요청하다니.

나는 웃음을 터뜨렸다.

"뭐가 그리 웃겨?" 내 웃음소리가 점점 더 커지자 데이가 물었다. 술집에 있던 사람들이 우릴 쳐다보기 시작했고, 심지어 나를 따라 웃는 사람도 하나 있었다. 물론 나는 웃음을 뚝 그치고 그 머저리 녀석을 똑바로 노려보았다. 이유도 모르면서 무슨 정신 나간 사람처럼 웃지 마라. 완전 머저리 같으니까.

"순간 그쪽이 나한테 도움을 요청하는 줄 알았어!"

"맞아. 지금 내가 하고 있는 게 정확히 그거야. 그렇게 밥맛처럼 굴지 좀 마라, 응?"

"헤이, 헤이, 미안해." 나는 말했다. 데이가 정말 심각해 보였기 때문이다. "그런데… 왜 하필 나야?"

"넌 너니까 그렇지."

"그게 무슨 뜻이야?"

"기분 상하지 마. 욕하는 거 아냐. 그냥 내가 노바 군단 소속이란 점을 말해두는 것뿐이야. 우리한테는 규칙이 있지. 그런데 넌 '가디언즈 오브 갤럭시' 소속이잖아. 너희들은 딱히 규칙이 없는 것 같은데."

"바로 맞췄어." 나는 그렇게 말하며 의자에 등을 기댔다. 그 상태로 나는 잠시 동안 아무 말도 하지 않은 채 데이를 바라보았다.

"무슨 말이라도 좀 하지?" 데이가 조금 불편한 기색으로 물었다. "계속 그렇게 쳐다보니까 좀 불편한데. 아니면 나를 불편하게 만들려고 그러는 거야?"

"그래서 나한테 떨어지는 건 뭐야?" 나는 이런 부탁을 받을 때 으레 던질 만한 질문을 했다.

"가디언즈 오브 갤럭시로서, 우주의 시민들을 구해준다는 사명감으로 해주면 안 될까?"

내가 저 말을 들었을 때 입에 술을 머금고 있지 않은 것은 참 다행이었다. 안 그랬으면 데이는 내가 입에서 뿜은 술을 온통 뒤집어쓰고 있었을 테니까. 그래도 데이는 내 눈빛을 보고 '우주의 시민들을 구해준다는 사명감' 어쩌고 하는 말이 먹히지 않을 거란 사실을 깨달은 게 확실했다.

"좋아." 데이는 어쩔 수 없다는 듯 한숨을 푹 쉬면서 말했다. "뭘 원해?"

나는 그 부분에 대해 꽤 심사숙고했다. 내가 원하는 게 뭐지? 이 점은 인정해야겠다. 내가 데이라는 사람을 좋아하긴 하지만, 그래도 노바 군단보다 우위를 차지한다는 건 꽤나 기분 좋은 일이었다. 슬슬 계획이 갖춰지기 시작했다. 노바 군단의 콧대를 한두 번 꺾어주는 게 정말 나쁜 짓은 아니지 않나. 설령 상대가 데이만큼 괜찮은 노바 군단원이라도 말이다. 녀석들이 언제나 깔보고 체포하던 부류의 사람들도 또 다른 면모를 가졌다는 걸 보여주는 거다.

"그쪽이 나와 같이 가는 거."

데이는 잠시 동안 나를 멍하니 쳐다보았다.

"난 같이 못 가." 데이는 겨우 말을 꺼내놓았다. 마치 내가 좀 모자란 사람이라서 천천히 대화를 해주는 것처럼 단어 하나하나에 힘을 주고 있었다. "그러면 애초에 내가 너한테 이걸 부탁한 이유도 없어지는 거잖아."

"그게 내 제안이야." 내가 말했다. "받든가, 말든가."

"완전 정신 나갔군. 너도 잘 알고 있겠지만." 데이는 고개를 절레절레 흔들며 말했다. 그는 테이블에서 일어나서는 날 한 번 쳐다보고 몸을 돌려 걸어가버렸다. 나는 데이가 입구 근처에서 서성이던 멍청이 한 무리를 지나는 모습을 바라보았다. 그는 그렇게 밖으로 나가버렸다.

난 내 술잔을 쭉 들이켰다.

조금만, 조금만 있으면….

데이가 다시 문을 열고 들어와 내게 걸어왔다.

"네가 이겼어." 데이는 말했다. "하지만 이건 진짜 끔찍한 생각이야."

하! 이럴 줄 알았지. 언제나 다시 돌아온다니까.

"안 끔찍했던 적도 있나?" 나는 이렇게 대꾸하고 데이와 함께 자리를 떠났다.

CHAPTER 13

일지 3X-AFVN.12.95

우리는 술집에서 나온 지 일 분도 되지 않아 그 녀석과 마주쳤다.

마주쳤다기보다는 들이박았다는 쪽이 더 정확하겠다.

무슨 벽에 부딪치는 것처럼 엄청 아팠다.

나는 길 한가운데 멈춰 서서 코를 문질렀다. “앞도 안보고 다니냐, 이 덩치만 큰 유인원 자식아?” 내가 말했다.

드랙스는 나를 빤히 보더니 고개를 돌렸다. 그놈도 아마 이렇게 멀리까지 헤맨 적은 없었던 것 같다. “나는 언제나 앞을 보고 다니지. 어쩔 수가 없어. 눈이 앞에 달려 있어서 앞쪽밖에 볼 수가 없으니.”

“정말 당연한 말이구나.” 나는 여전히 콧등을 문지르며 말했다.

“로만 데이.” 딱 봐도 드랙스는 우리 둘이 함께 술집을 나왔다는 사실이 굉장히 놀라운 것 같았다. “지금까지 로켓과 같이 뭘 하고 있나?”

"아무것도 안 해." 로만은 말했다. 자기 입에서 나오는 말이 굉장히 불편한 것 같았다. "내가 로켓하고 같이 뭘 하겠어? 아무것도 안 *하고* 있지. 정확히 반대야."

데이는 거짓말을 정말 못 한다. 다행이지만 저 말을 믿을 만한 사람이 있다면, 그건 드랙스뿐이다.

"나도 당신과 로켓이 같이 뭔가를 할 이유를 알지 못한다." 드랙스는 말했다. "그래서 물어본 것이다."

아무래도 내가 끼어들어서 난관에 처한 데이를 구해줘야 할 것 같았다. 안 그랬다간 그 양반의 머리가 폭발할 것만 같았다. "데이는 내가 *밀라노*의 부품을 구하는 걸 도와주고 있어." 나는 쉽게 말했다.

"수리는 거의 끝난 것으로 알고 있는데." 드랙스가 말했다. 뭔가 헷갈려 하는 모습이었다. "방금 수리 기지에서 오는 길이다."

"그래, 그런데 그치들이 모르고 있는 게 좀 있어서 말이야, 알겠냐? 자 봐, 그냥 술집으로 다시 들어가서 또 한잔하라고. 나도 조금 있다가 들어갈 테니까."

드랙스는 데이를 쳐다보더니, 다시 나를 쳐다보았다. 진짜 솔직히 말하겠다. 나조차도 잠깐 동안은 드랙스가 설득이 됐는지 안 됐는지 확신이 서질 않았다.

"뭐가 '조금 있다'는 거야?" 드랙스는 마침내 물었다.

"'몇 분 후에'라는 뜻이야. 달리 무슨 뜻이겠냐?"

"난 몰라." 드랙스가 말했다.

"그래서 물어본 거야." "그래서 물어본 거겠지." 나와 드랙스가 동시에 말했다.

그렇게 드랙스는 나와 데이를 놔두고 걸어가버렸다.

"아슬아슬했어." 데이가 말했다.

"'아슬아슬했어'라니, 무슨 뜻이야? 드랙스가 우리 일을 알면 뭐 어때서? 어차피 신경도 안 쓸걸."

"드랙스는 신경 쓰지 않을지도 모르지. 하지만 난 신경 쓰일 거야. 지금 내가 하고 있는 건 적절한 절차와 규율을 한참 어기는 거야. 이 일이 밖으로 새어 나갔다간—"

"내가 맞춰보지." 나는 데이가 스스로의 독선적인 양심에 더 빠지기 전에 끼어들었다. "이 일이 밖으로 새어나갔다간 그쪽은 본인 직업에 안녕을 고하고, 지금껏 잡아넣은 범죄자들이 우글거리는 우주 감옥에 던져질 테지? 그렇지 않아?"

데이는 잠시 조용히 있더니 고개를 끄덕이기 시작했다. 처음에는 천천히 끄덕거렸지만 점차 그 속도가 빨라졌다. "그래, 정확해. 그래서 내가 그런 일이 터지지 않을까, 신경이 예민해져 있는 이유도 잘 알겠군."

"대충 이해했어." 실제로도 이해하고 있었다. 아까도 말했지만 데이는 괜찮은 사람이다. 그리고 난 분명 지금처럼 권력을 쥐락펴락하고 있는 맛을 제대로 즐기고 있었지만 그렇다고 이 사람을 큰 문제로 끌어들이고 싶지는 않았다.

그러니까 앞으로 우리가 마주칠 문제보다 더 큰 문제 말이다.

거리는 축축했다. 우리가 술집에서 나왔을 때부터 비가 내렸으니. 교역소의 비는 괴상한 보랏빛을 띠고 있다. 아마 이 인공 행성의 수리 시설들에서 뿜어내는 오염 물질 때문이 아닌가 싶다. 하늘로 쓰레기를 올려 보내면 보랏빛 비가 내리는 거지.

이런 비가 피부에 닿으면 조금 따갑긴 한데, 그래도 별일 없을 거다.

우리는 다시 길거리를 따라 내려가면서 수많은 수리점들을 지났다. 그렇게 거리 끝에 다다르자 데이가 길고 구불구불한 거리 쪽을 가리켰다.

"뭘 가리키는 거야?" 내가 물었다.

"미어 카알을 구금해둔 곳이야. 이쪽으로 가야 해."

"얼마나 떨어져 있는데?"

"대충…." 데이는 말을 멈추고는 양손 사이에 몇 센티미터 정도의 간격을 떼어서 보여주었다. "이 정도?"

"정말? 이 정도라." 나는 내 손으로 똑같은 간격을 떼었다. "정말 '이 정도'만 떨어져 있다면 지금쯤 그놈을 밟고 올라가 있어야지. 아니, 정말로 얼마나 떨어져 있는데?"

"십팔 킬로미터." 데이가 완전히 사실만 적시한다는 태도로 말했다.

"거기까지 그냥 걸어가겠다고?" 나는 이 부분에서 고개를 절레절레 젓고는 다시 몸을 돌려 술집에 있는 드랙스를 만나러 가려고 했다.

"최대한 티를 내지 말고 가야 해. 저쪽에서 우리가 가는 걸 알면 안 된다고."

"진정하셔. 좋은 생각이 있으니까."

일지 3X-AFVN.12.958

"그 좋은 생각이라는 게 차량 절도였어?"

나는 데이를 내 왼쪽 자리에 앉힌 채 부양차의 기어를 5단으로 넣었다. 인정하겠다. 이 차는 꽤나 힘 좋은 놈이었다. 대강 시속 이백 킬로미터 정도로 밟고 있었으니, 얼마 지나지 않아 목적지에 도착할 것이었다. *걷는 것보다는 훨씬 낫지.*

그래, 엄격하게 말하자면 이 부양차는 사실 훔친 게 맞다. 왜냐하면 내가 훔친 거니까. 하지만 솔직히 훔쳤다기보다는 아직 주인에게 물어보지 않고 빌린 쪽에 더 가깝다. 그리고 딱히 물어볼 수 있는 방법도 없었다. 수리점은 닫혀 있어서 아무도 없었는걸. 심지어 수리점에 침입했을 때도 "차를 빌려도 될까요?" 하고 물어볼 만한 사람은 아무도 없었다. 그래서 차를 그냥 끌고 나가서 한 삼십 분만 쓰다가 아무도 모르게 돌려놓아도 되겠다고 생각한 것이다.

"응." 난 데이에게 말했다.

"내가 너하고 같이 이러고 있다니 믿을 수가 없다." 데이는 웅얼거렸다.

그 말을 들으니 웃겼다. "나도 그쪽이 나랑 같이 이러고 있다니 믿기질 않네요." 나는 데이에게 곧바로 대꾸해주었다. "지금 교역소에서 그쪽이 나와 같이 차량 절도범으로 잡혔다간 뭔 꼴을 당하게 될지 상상이나 가?"

데이는 그저 고개만 절레절레 흔들어 보일 뿐이었다.

그 뒤로 우리는 별말 없이 부양차의 엔진 소리만 들으며 계속 달렸다.

CHAPTER 14

"이제 좀 어때? 어때 보여?" 로켓이 승강구 너머로 소리쳤다.

토르는 조종석 앞에 서서 조종 장치를 살펴보고 있었다. "더 이상 경보는 울리지 않아. 그런데 이제는 웬 적색 등이 깜빡이고 있어."

"무슨 적색 등이 깜빡이는데?" 로켓이 악을 썼다.

"'경고'라고 써진 것 말야!" 토르가 지지 않고 소리쳤다.

그루트는 주변에서 무슨 일이 일어나는지 전혀 낌새도 채지 못한 채 자신만의 세계 속에 완전히 빠져 있다가, 자기가 훔친 로켓의 태블릿을 손에 든 채 추운 우주선에 앉아 있는 현실로 잠시 돌아왔다. 로켓과 데이가 이런 멋진 모험을 하는 동안 자신은 대체 어디 있었던 것일까? 분명 뭔가 시시한 일이나 하고 있었을 것이다. 잠을 잔다거나.

그루트는 '경고'라는 말을 듣고는 잠시 고개를 들었다가 다시 태블릿을 들여다보기 시작했다.

"그게 빠르게 깜빡여, 느리게 깜빡여?"

"좀 빠르게 깜빡이는 것 같은데." 토르가 미간을 찌푸리며 말했다.

"음, 그거 안 좋은데." 로켓의 말이었다.

일지 3X-AFVN.13.10

우리는 미어 카알이 갇혀 있는 곳으로부터 오백 미터 가량 떨어진 곳에 부양차를 세워놓아야 했다. 더 가까이 끌고 갔다가는 우리가 왔다는 사실을 다 광고할 판이었다. 알고 보니 내가 차를 빌렸던 수리점의 직원들은 이 녀석을 제대로 고치지 않은 모양이었다. 굴러가는 소리에 귀청이 찢어질 지경이었다.

"좀 제대로 굴러가는 부양차를 훔칠 수는 없었던 거야?" 데이가 물었다.

"고맙다는 말은 됐어, 로켓." 나는 빈정거렸다. 그럼 자기가 더 좋은 생각을 내보던가!

교역소의 지형은 꽤 괴상하다. 실제 행성처럼 보이면서도, 또 아닌 것처럼 보이니까 말이다. 식물도 있긴 했지만 이미 수십 년 전부터 이 별에 박혀 있던 금속 구조물들 주위에 자라난 게 전부였다. 진짜 나무도 좀 있었지만 주변에 깔려 있는 키 큰 기둥들은 대부분 그냥 안테나였다. 그래도 실눈을 뜨고 보면 좀 나무처럼 보이긴 했다. 그래서 우리는 부양차를 안테나 몇 그루 뒤에 숨긴 다음, 잘 숨겨졌는지 확인했다.

저 앞쪽으로는 큰 고개가 있었고, 고개 꼭대기에는 몇 층 정도 되는 높이의 금속 재질 건물이 서 있었다.

"저기야." 데이는 손가락으로 가리키며 말했다.

"거 삿대질 되게 좋아하시네."

데이는 별 대꾸도 하지 않고는 그저 눈썹을 치켜 올리며 말했다. "미어 카알은 저 건물에 있어. 지금 경비를 서고 있는 인원은 구금실 앞의 노바 대원 한 명뿐일 거야."

"딱 한 명? 진짜야? 그놈을 감시하려면 인원이 더 많아야 하지 않겠어? 무기를 숨겨둔 위치를 알아낼 방법이 그 녀석뿐이라면 아예 노바 군단 한 부대를 통째로 불러와야지?"

"그게, 우린 웬만하면 주변의 관심을 최대한 끌지 않으려고 하고 있어. 게다가 어차피 구금실에는 창문도 없고 출입구도 딱 하나라서 그 녀석은 어디에도 못 가. 그리고 이 구금은 그저 잠깐일 뿐이야. 한 시간 내로 다른 곳으로 후송될 예정이거든. 그러니 너한테 주어진 기회는 지금 뿐이야."

"*우리*한테 주어진 기회겠지." 나는 데이에게 다시 상기시켜주었다.

"그래서 계획이 뭐야?" 데이가 내 말을 무시한 채 물었다.

"계획?" 나는 말했다. 사실 아무 계획도 없었다. 그냥 임기응변으로 다 해결하고 있었으니까. "일단 올라가서 용의자를 좀 확인하겠다고 요청해봐. 그럼 거기서부턴 내가 해결하지."

"나쁜 짓은 안 할 거지, 그렇지?" 데이가 물었다.

"누가? 내가?" 나는 완전 순진무구한 표정으로 말했다.

일지 3X-AFVN.13.11

나는 아무에게도 들키지 않게 계전기 더미 뒤에 숨어 있었다. 미어 카알이 갇혀 있다는 건물이 바로 앞에 보였다. 로만 데이가 구금실 가까이로 가는 소리가 들렸다.

"데나리안 데이." 용의자를 맡고 있던 노바 대원이 말했다. "여기 오실 줄은 몰랐습니다."

이런 젠장. 노바 대원들은 언제나 저 긴 관등성명을 다 부르고 사는 건가? 가식 덩어리 똥멍청이들 같으니.

"이송 전에 용의자를 확인하려고 왔다." 데이가 말했다. "보안 절차가 수두룩한데 말이야. 자네와 함께 검토해봐야 할 것 같아." 데이가 그 노바 장교와 함께 멀어지는 소리가 들렸다.

이제 내 차례였다.

나는 내가 숨어 있던 곳에서 뛰쳐나와 잠시도 지체하지 않고 구금실 가까이 접근했다. 정말 창문이 없어서 안쪽을 들여다볼 수는 없었다. 하지만 괜찮았다. 건물에 침입하는데 안쪽을 들여다볼 필요는 없었으니까. 어차피 필요한 건 다 갖고 있었다.

바로 자동차 수리점에서 차와 함께 슬쩍했던 레이저 회전 톱이었다. 갖고 오면 다 쓸 데가 있을 거라 생각했는데 정말 쓸 데가 있었다.

회전 톱에는 자석이 달려 있어서 건물 외벽에 갖다 붙일 수 있었다. 나는 전기톱을 대강 조절해서 내가 간신히 낑겨 들어갈 정도의 크기로 벽에 구멍을 뚫도록 설정했다. 그런 다음 버튼을 누르면, 짜잔! 그 작은 톱날은 원형을 그리며 돌기 시작하더니 금속 외벽을 잘라 들어가기 시작했다. 몇 초 후 작업이 완전히 끝난 후에는 금속 벽에 구멍이 깔끔하게 뚫려 있었다.

그리고 다들 궁금해할 것 같아서 말해주는 건데, 나는 이렇게 잘라낸 금속 원판이 내 쪽으로 쓰러지게 각도를 설정해두고 적절히 받아냈기 때문에, 철판이 땅과 부딪히면서 큰 소리가 나지도 않았다.

내가 그 생각도 못 할 정도로 모자란 놈은 아니다.

일지 3X-AFVN.13.12

이 미어 카알이란 놈, 꽤 물건이었다.

내가 구금실에 침투하자마자 놈이 나를 곧장 덮쳤다. 그렇다고 날 공격했다는 뜻은 아니다. 그냥 신경이 완전히 곤두서 있었다는 뜻이다.

"누가 보냈어?" 녀석은 내 얼굴에 대고 소리쳤다. 양손은 몸 앞쪽에 둔 채 수갑이 채워진 상태였고, 발목도 마찬가지로 구속되어 있었다. 하지만 녀석의 얼굴은 내 얼굴과 바짝 밀착해 있었는데, 나는 그게 마음에 들지 않았다.

그래서 녀석의 가슴팍에 양발로 날아차기를 먹여주었다.

녀석은 바닥에 쓰러졌는데, 그 모습을 보니 내 기분도 째졌다고 하지 않는다면 거짓말일 것이다.

"날 죽이려는 거지!" 카알이 소리쳤다.

난 더 이상 참을 수가 없어서 양손으로 놈의 입을 막았다.

"죽이지는 않을 거야." 나는 내 마지막 인내심까지 바닥내버리는 얼간이들에게만 특별히 들려주는 나지막한 목소리로 말했다. "그런데 자꾸 이 따위로 굴면 죽이고 싶어지겠지. 실제로도 죽일 거고. 딱 한 번만 더 속닥거리는 소리보다 더 크게 소리를 질러보라고. 곧장 깨물어버릴 테니까."

놈의 목소리가 좀 작아졌다. 하지만 난 도저히 마지막 한마디를 더하지 않을 수가 없었다.

"난 우주 광견병도 걸렸어."

이 부분에서 미어 카알의 눈알은 엄청나게 커졌다. 그루트가 봤다면 자랑스러워했을 순간이었다. 난 웃음을 터뜨리지도 않은 채 최대한 근엄한 표정을 유지했다.

그런 다음 미어 카알의 입에서 손을 뗐다. 녀석은 다시 비명을 지르지 않았다. 역시나 예상대로였다.

"날 누가 보냈는지 알고 싶어?" 내가 말했다.

미어 카알은 고개를 끄덕였다.

"타노스야."

확신은 서지 않지만, 이 불쌍한 녀석은 아마 바지에 좀 지린 것 같았다.

CHAPTER 15

일지 3X-AFVN.13.13

“무기 숨겨둔 곳. 어디야?”

“무슨 말인지 모르겠는걸.”

지금까지는 로만 데이가 참 거짓말을 못 한다고 생각했다. 그런데 이 녀석은 최악이었다. 눈알은 흔들리고 입술은 파들거리는 데다, 꼭 퀼이 엄청 긴장할 때처럼 식은땀을 엄청나게 흘려댔다. 이 장면을 그루트가 봤으면 무척 재미있어했을 텐데.

그때 그 일… 그러니까 로난이 벌인 일을 해결하던 중에 그루트는 우리 모두를 위해 자기 목숨을 희생했었다. 난… 그 쪼끄만 묘목 녀석이 우리에게 다시 돌아오지 않았더라면 내가 어떻게 되었을지 모르겠다.

그 녀석과 예전 그루트가 같지 않다는 건 알고 있다. 하지만 상관없다.

조금 달라졌기는 해도 어쨌든 우리 곁에는 여전히 그루트가 있다. 녀석이 돌아오다니 우리에겐 참 행운이었다.

아니, 내게는 참 행운이다. 마치 두 번째 기회가 주어진 것만 같다.

망할, 또 감상적이 되어가는군.

어쨌든 이 밥맛 녀석은 내가 원하는 정보를 불기 직전까지 왔다. 내가 어떻게 아냐고? 그 녀석 바지 앞쪽이 축축해졌다면 꽤 확신할 수 있지 않은가.

녀석은 뭔가 웅얼거리기 시작했다.

심문에 넘어간 놈들은 언제나 웅얼거리는 걸로 시작한다.

"자 봐, 지금 우리 둘 다 알고 있는 걸 짚고 넘어가자고." 난 녀석을 자기 등 쪽으로 넘어뜨리면서 말했다. 그런 다음 놈의 가슴팍 위로 뛰어 올라가서는 얼굴 바로 앞에서 서성였다. "난 네가 거짓말하는 중이란 걸 알아. 그리고 너도 네가 거짓말을 하는 중이란 걸 알겠지."

녀석은 또 뭔가를 웅얼거렸지만 도통 알아들을 수가 없었다. 그래서 나는 녀석의 양 볼을 붙잡고는 내 얼굴을 들이댔다.

"뭐랬냐? 이빨이 좀 근질거리는데."

그렇게 나는 녀석의 얼굴을 붙잡은 채 바짝 들여다보다가 뭔가 괴상한 낌새를 눈치챘다. 그 녀석의 오른쪽 귀가 뭔가 이상했다. 그러더니 그 귀가 나를 쳤다. 인공 귀였던 거다.

그게 뭔지 알아차리자마자 난 곧바로 그 귀를 전리품으로 찍었다.

"무기들이 어디 있는지는 모른다고 말했어." 미어 카알은 무슨 오리마냥 꽥꽥거렸다. "정확히는 몰라."

"정확히는 모른다고?" 나는 녀석의 볼을 놓아준 다음 말했다. 그러면서도 양쪽 뺨에 발톱 자국 몇 개를 새겨두는 것은 잊지 않았다. "일 분 전에는 모른다더니, 이젠 갑자기 뭔가를 알긴 아는데 정확히는 모른다고 하는군."

나는 다시 놈의 가슴팍 위를 서성이기 시작했다. "그래서 그 '정확히는 모른다'는 게 정확히 어디 있는 거지?"

녀석은 다시 웅얼거리기 시작했고 나는 슬슬 짜증이 났다. 그러다 바깥에서 발소리가 들렸다. 나는 미어 카알에게서 뛰어내려 구금실의 문 쪽으로 달려갔다. 문은 당연히 잠겨 있었고, 창문도 달려 있지 않았다. 그러니 바깥을 내다볼 수 없는 상황이었다. 물론 바깥에서도 안쪽을 들여다볼 수 없다는 뜻이기도 했다.

하지만 바깥에서 무슨 일이 일어나는지는 똑똑히 들을 수 있었다.

"확실하십니까?"

다른 경비의 목소리였다.

"확실하고 말고." 데이가 말했다. "자네는 구금 절차를 완전히 잘못 시행했어. 나랑 같이 모든 암호를 다시 검토해봐야겠네. 그것도 지금 당장."

"예, 알겠습니다!" 경비가 말했다.

이 부분은 데이에게 맡기길 잘했다. 경비를 정말로 보내버렸으니 말이다!

바깥 상황은 데이가 잘 통제하는 것처럼 들렸으니, 나는 다시 저 웅얼거리던 놈에게 관심을 쏟았다.

"어디 한번 불어봐." 나는 쏘아붙였다. "내 맘에 드는 이야기여야 할 거야."

"너희가 찾는 무기는 손에 넣어봐야 아무 쓸모도 없어!" 놈은 말했다. 입술이 파들거리고 있었다.

"그건 내가 판단할 문제지." 나는 이렇게 말했다. 그런 다음 입을 딱, 하고 닫아 보였다.

미어 카알이 움찔했다.

"그자들이 날 죽일 거야. 내가 너한테 불었단 걸 알아내면, 누구에게든 불었단 걸 알아내면 날 죽일 거라고!"

"그럼 지금 불지 *않으면* 내가 널 어쩔 것 같냐?" 나는 이빨을 자랑하듯이 드러내 보였다. 방금 대사 좋았다. 나 이런 일에 꽤 재능이 있는 것 같아!

카알은 침을 꿀꺽 삼키고는, 나를 바라보면서 자신에게 주어진 상황을 잘 저울질해보는 것 같았다. 그런 다음 술술 불기 시작한 걸 보면, 아무래도 자기 눈앞에 닥친 위험이 더 크다고 판단한 것 같다. "무기는 아포스 프라임에 있어."

"아포스 프라임? 그거 지어낸 얘기 같은데." 나는 *이렇게* 말했다. 실제로도 *정말* 지어낸 얘기처럼 들렸으니까.

"지어낸 거 아냐, 맹세해. 다른 사람한테 물어봐도 돼."

"내가 지금 다른 사람한테 묻고 있는 것 같아?" 나는 녀석의 얼굴로부터 다시 일어나며 말했다. "난 너한테 묻고 있는 거야."

카알은 마른 침을 삼켰다. "진짜 아포스 프라임이야. 좌표도 줄 수 있어." 녀석이 말했다.

나는 옆에 찬 주머니에서 태블릿을 꺼내 손짓 한 번으로 켠 다음, 항행 프로그램을 실행해 녀석에게 넘겨주었다.

"입력해." 나는 명령하듯 말했다.

카알은 태블릿을 집어 들더니 뭔가를 입력하기 시작했다. 그러더니 다시 태블릿을 돌려주었다.

"이거 진짜야?" 나는 잠시 나쁜 남자 연기를 관두고 말했다.

"진짜야." 카알은 말도 제대로 잇지 못했다. "맹세해. 이제 이걸 불었으니 난 이제 죽은 목숨이야."

"하나 말해주자면 말이야, 친구. 넌 이걸 불기 전부터 이미 죽은 목숨이었어."

이 녀석은 이제 울 것처럼 보였다. 나는 도저히 참지 못하고 웃음을 터뜨렸다. "이봐, 장난 좀 친 거야. 넌 지금 노바 군단한테 잡혀 있다고. 이 녀석들 실력은 일류야. 걱정 말라고. 아무나 널 잡으러 오지는 못해."

"넌 날 잡으러 왔잖아." 녀석이 말했다.

"그래. 내가 그런 '아무나'처럼 보여?"

나는 태블릿을 다시 주머니에 넣고 벽에 난 구멍으로 향했다. 그리고 방을 떠나기 직전, 나는 고개를 돌리고 미어 카알을 바라보았다.

"자, 내가 지금 네 입장이었다면 이곳에 내가 침입했었다는 사실을 절대 불지 않을 거야. 그랬다간 내가 다시 돌아올 거고, 그다음에는 무슨 일이 일어날지 우리 둘 다 잘 알고 있지?" 나는 극적인 효과를 더하기 위해 이빨을 딱딱 부딪혔다.

미어 카알은 아무 말도 하지 않고 그저 나를 바라보고 있었다. 녀석의 눈빛에서는 공포가 엿보였다.

녀석의 호흡 사이에 섞인 속삭임이 들렸다.

"우주 광견병…."

"그렇고말고." 나는 그렇게 말한 다음 카알에게 달려들어서 호되게 놀래켰다.

그다음에 내가 녀석에게 뭘 했는지는 절대 짐작도 못 할 거다.

CHAPTER 16

일지 3X-AFVN.13.20

"녀석의 *내장*을 빼왔다고?"

내 맹세코 로만 데이는 정말 저런 말을 했던 것 같은데, 부양차의 엔진 소리 때문에 도통 제대로 들리지가 않았다.

"뭐?" 나는 소리쳤다.

"녀석한테서 *뭘* 빼왔다면서?"

아, 이제 제대로 이해가 간다. 나는 웃음을 터뜨렸다. "그 녀석의 귀를 빼앗았지."

이제 데이가 나를 이상하게 쳐다볼 차례였다. "그러니까, 위를 빼앗아 왔다고?"

"아니 귀! 위 말고!" 나는 엔진이 내는 소음을 뚫고 악을 썼다. "청력 검사 좀 받아보라고. 원 세상에."

우린 차를 타고 빠르게 언덕을 달려 내려가고 있었고, 둘 다 꽤나 기분이 좋은 상태였다. 미어 카알에게서 데이가 원하는 정보를 빼냈으니까. 그 후 나는 구멍을 통해 구금실에서 빠져 나온 다음, 데이와 함께 부양차를 숨겨둔 곳까지 돌아왔다. 놀랍게도 그 차는 우리가 세워둔 그 자리에 그대로 남아 있었다. 보통 내 운은 반대로 작용하는데 말이다. 더 놀라운 점으로는 그 고철 덩어리가 곧장 시동이 걸렸다는 점이다.

"그 기계 귀로 뭘 할 건데?" 데이는 도저히 믿을 수 없다는 어투로 말했다.

데이는 중요한 점을 짚었다. 사실 난 이게 필요 없었다. 하지만 갖고는 싶었다. 이런 상황을 이해해줄 사람은 딱 한 명, 그루트라면 이해해줄 것이다. 이런 점을 내 인격적 결함이라고 불러도 상관없다. 나는 전혀 인격적 결함이라고 생각하지 않지만, 그래도 이 세상에는 이런 내 성격이 결함이라고 생각하는 사람들이 많다. 싹 다 틀렸다. 그래, 그루트라면 이해해줄 거다.

"그래, 그래서 무슨 짓을 했길래 미어 카알이 정보를 다 불었어?" 데이는 물었다.

그때 부양차의 엔진이 나갔다.

말 그대로 '나갔다'는 말이다. 엔진이 좌석 밑에서 튀어나가는 바람에 우리가 몰던 차는 도로를 따라 주욱 미끄러지다가 커다란 금속 안테나를 쾅 박았다. 무슨 유리창을 들이박고 찌부러진 날벌레 같았다.

나는 부양차에서 기어 나왔다. 등이 아파서 죽을 것 같았다. 나는 데이를 찾아보았지만 어디에도 보이질 않았다.

"데이!" 나는 차량의 잔해에서 절룩거리며 기어나오면서 외쳤다. "어디 있어? 당신 죽은 거 아니지, 그치?"

정말이다. 이렇게 죽다니 정말 꼴불견이잖아.

"여기야." 데이의 목소리는 녹슨 잔다르 우주선의 선체로 형성된 듯한 금속질 절벽 쪽에서 들려왔다. 크게 뻥 뚫려 있던 구멍을 통해 올라가보니, 데이가 거기 있었다. 그는 등을 일으키고 앉은 채 자기 머리를 문지르며 고개를 앞뒤로 까닥여보고 있었다.

"그 위에서 뭐 하고 있어?" 나는 물었다.

"내가 뭐하고 있는 것처럼 보이냐, 로켓?" 데이가 말했다. 그 목소리에서는 내가 특히나 싫어하는 투의 비아냥이 섞여 있었다.

그런 말을 들으니 기분이 굉장히 나빠졌다. 이런 상황에서 꼭 데이를 놀렸어야 했나는 그런 느낌이었다.

이게 무슨 일이지? 뭐 하는 거야? 내가 갑자기 딴 사람한테 신경을 써주고 있다고?

하, 참 기나긴 하루가 될 것 같았다.

"그루트!" 로켓의 목소리가 구멍 아래쪽에서 쩌렁쩌렁 울리면서 로켓의 일지에 한참 푹 빠져 있던 그루트를 다시 현실로 끌고 왔다.

"나는 그루트다." 그루트는 대답을 하면서 재빨리 의료 가방 밑으로 태블릿을 밀어 넣었다.

“듣기 싫어!” 로켓은 소리쳤다. “이리 내려와봐! 지금 네 가느다란 손가락이 필요하단 말이야!”

“나는 그루트다.” 그루트는 이렇게 말하고는 자리에서 천천히 일어나 금속 바닥에 발을 질질 끌면서 승강구 쪽으로 걸어갔다.

“발 끄는 소리가 여기까지 들린다!” 로켓이 소리쳤다. 그러다 뭔가 금속을 때리는 소리가 난 다음, 로켓이 정말로 비명을 질렀다.

“토끼!” 토르는 자리에서 펄쩍 뛰면서 외쳤다. “괜찮아?”

“괜찮지 그럼!” 로켓이 씩씩거렸다. “여긴 발 디딜 틈도 없고, 사방이 전선 다발인데다가 나는 이 초마다 한 번씩 감전을 당하고, 방금 전에는 천장에다 머리를 박았지. 이렇게 괜찮을 수가 없네!”

로켓의 불평이 끝날 무렵, 그루트는 승강구에 다다랐다. 그는 무릎을 꿇고 안쪽을 살펴보았다.

그 안에서는 로켓이 고개를 힘차게 흔들고 있는 모습이 보였다. 그는 등을 바닥에 대고 누운 채, 천장에 뭔가 이리저리 꼬여 있는 전선 다발을 바라보고 있었다. 로켓의 몸과 그 전선들 사이에는 거의 공간이 없었다.

“이제 왔냐!” 로켓이 소리를 지르자 그루트도 욱했다.

“나는 그루—” 그루트는 입을 열었지만, 그러다 로켓의 일지에서 봤던 문장 한 구절이 머릿속을 스쳤다.

‘조금 달라졌기는 해도, 어쨌든 우리 곁에는 여전히 그루트가 있다. 녀석이 돌아오다니 우리에겐 참 행운이었다.’

'아니, 내게는 참 행운이다. 마치 두 번째 기회가 주어진 것만 같다.'

그루트는 막 목구멍까지 타고 올라오던 욕설을 도로 삼켰다.

로켓은 그런 그루트에게 아무 말도 하지 않았다. "자, 네 나뭇가지 손가락으로 저 빨간 전선을 집어봐." 그러더니 끝이 잘려서 가느다란 금속이 드러나 보이는 붉은 전선을 가리켰다.

"나는 그루트다?"

"나무에는 전기가 안 통해." 로켓은 불퉁스럽게 말했다. "애처럼 구는 것도 그만해라."

그루트는 로켓의 말이 거슬리긴 했지만, 그래도 시키는 대로 했다. 그는 승강구 밑으로 기어 들어가서 자신의 길다란 젓가락 같은 손가락을 뻗은 다음, 그 빨간 전선을 단단히 붙잡았다. 갑자기 불똥이 튀었지만, 로켓의 말대로 그루트에게는 아무 일도 일어나지 않았다.

로켓은 자기 앞에 있던 전선 다발로 몸을 돌리더니 펜치로 파란 전선의 피복을 벗겼다.

"이제 빨간 전선을 넘겨줘." 로켓이 말했다.

그루트는 시키는 대로 했다.

잠시 후 로켓이 파란 전선과 빨간 전선을 연결하자 불똥이 잦아들기 시작했다.

"나는 그루트다?" 나무가 말했다.

"그래, 먹히는 것 같네." 로켓은 말했다.

로켓은 낑낑거리면서 밑바닥 공간에서 빠져 나와, 전선 다발을 지나 승강구 쪽으로 나왔다. 로켓이 승강구 쪽으로 다가올 즈음, 그루트는 이미 승강구 바깥으로 나와 있었다. 그러고는 로켓에게 손을 뻗어 승강구 밖으로 끌어내주었다.

"야, 웬일로 이렇게 협조적이야? 뭐 잘못한 거라도 있어?" 로켓이 물었다. 그러고는 가느다랗게 실눈을 뜨고 그루트를 바라보았다.

"나는 그루트다!" 그루트는 방어적인 태도로 말했다. 꽤 과민한 반응이었다.

"마음 풀어. 갑자기 이상할 정도로 착하게 구니까 그랬지. 뭔가 하면 안 되는 짓이라도 저지르는 바람에 착한 일로 때우려는 줄 알았어."

그루트의 눈이 커졌다.

'로켓이 태블릿을 빼돌린 일에 대해 아는 걸까? 그걸 어떻게 아는 거지?'

갑자기 로켓이 웃음을 터뜨리기 시작했다. "거 표정 진짜 걸작이네! 미안해 인마. 그냥 장난 좀 쳐봤어, 그루트."

로켓은 그루트에게 등을 돌린 다음, 다시 조종석과 토르 쪽으로 걸어가버렸다.

그루트는 다시 욱한 다음 자기 자리로 돌아갔다. 그러고는 나무 손가락으로 의료 가방 밑에 있던 태블릿을 찾아 꺼냈다.

"나는 그루트다." 그루트는 이렇게 말하고는 다시 일지를 읽기 시작했다.

CHAPTER 17

일지 3X-AFVN.13.21

우리는 한때 부양차라고 불리던 불타는 잔해를 뒤로 한 채, 언덕을 걸어 내려갔다.

"그 수리공 놈들은 대체 무슨 심보로 우리를 저런 차에 태울 생각을 했을까." 나는 크게 화난 목소리로 말했다. "저런 건 도로로 나오면 안 되는 물건이야. 하마터면 죽을 뻔했잖아!"

"정확히 말하자면 그 양반들이 저 차에 우릴 태워준 건 아냐." 데이가 딴죽을 걸었다. "네가 훔친 거지."

"우리가 훔쳤지." 나는 정정해주었다. "그쪽도 공범이야."

"그래, 우리가 훔쳤지."

우리는 그 괴상한 보랏빛 비를 얼굴에 맞으면서 금속으로 뒤덮인 도로를 걸었다. 잠시 동안은 서로 아무 말도 하지 않은 채 고요가 흐르면서, 마치 이 세상 모든 일이 다 잘 흘러가는 듯한 평화가 느껴졌다.

"그래서 저 멍청한 부양차가 파업을 하기 전까지 무슨 얘기를 하고 있었더라?" 내가 물었다.

데이는 잠시 생각하다가 대답했다. "미어 카알이 무기 숨겨둔 곳에 대해 뭘 불었냐고 물어봤었지."

그래서 나는 데이에게 말해줬다.

"아포스 프라임이라고?" 데이의 목소리는 뭔가 희한하게 단조로웠다.

"아포스 프라임이래." 나도 다시 대답해줬다.

"아포스 프라임이라고 한 게 확실해?"

"지금 내가 그쪽한테서 똑같은 질문을 계속 받고 있는 만큼이나 확실하지." 내 말투에 잘난 체가 조금 묻어 나오긴 했지만, 그래도 데이라면 받아줄 수 있을 거라고 생각했다.

"그럴 수가 없는데." 그렇게 말하는 데이의 눈빛은 뭔가 다른 곳, 먼 곳을 바라보고 있는 것 같았다.

"그게 무슨 뜻이야?"

"아포스 프라임… 이라는 행성은 더 이상 존재하질 않거든."

"음, 미어 카알은 꽤 확실하다는 태도로 거기에 무기가 숨겨져 있다고 말했거든." 나도 차분하게 말해줬다.

"정말 확신해? 그 녀석이 거짓말을 했을 수도 있다는 생각은 안 들어?"

이 대목에서는 나도 어쩔 수 없이 눈알을 굴릴 수밖에 없었다.

"이것 봐, 데이." 나는 직설적으로 말했다. "난 나한테 거짓말을 하는 건 그게 누구라도 곧바로 알아차릴 수 있어. **누. 구. 라. 도.** 그리고 이 자식은 진짜 하늘에 걸고 참말만 불었다고."

"그걸 어떻게 알아?" 데이도 지지 않았다.

"왜냐하면, 내가 타노스가 보냈다고 했거든."

"뭐라고 했다고?"

"제대로 들었어." 나는 씩 웃어 보였다.

"그래서 뭐라고 해?" 데이가 진심으로 흥미롭다는 듯 물었다.

"뭐, 말보다는 몸으로 확실하게 표현하더라고." 그런 다음 나는 카알의 바지에 일어난 일을 상세하게 설명했다.

데이는 웃음을 터뜨렸다. "믿을 수가 없네."

"믿으라고. 어차피 그놈이 지린 걸 우리가 치울 것도 아닌데 뭐."

우리는 한동안 같이 낄낄거렸고, 그런 다음 데이가 다시 아포스 프라임으로 화제를 돌렸다. "아포스 프라임은 이미 몇 년 전에 파괴되었어야 할 행성이야."

"생각만큼 제대로 파괴되지는 않았나 봐."

그러면서 우리는 꽤 많은 거리를 걸어, 고개를 거의 다 내려왔다. 비는 계속 추적추적 내리고 있었고, 저 멀리로 마을이 보였다. 마을의 술집에서는 드랙스가 여전히 나를 기다리고 있었다.

내가 로만 데이에게 작별 인사를 하려던 순간, 녀석은 내게 몸을 돌리더니 이렇게 말했다. "나를 조금만 더 도와줘야겠다, 로켓."

이런 말 들을 때가 제일 싫더라.

일지 3X-AFVN.13.22

난 단독 행동을 하는 것도 신물이 났기 때문에, 이제 나머지 일당들도 모조리 끌어들이는 게 낫겠다고 마음먹었다. 그래서 나와 데이는 드랙스를 만나러 다시 술집으로 들어갔고 가모라, 그루트와 함께 있던 퀼에게 연락을 보냈다.

우리는 드랙스와 같은 테이블에 앉아, 그 녀석이 자신의 유년 시절에 대한 장광설을 한참 동안 늘어놓는 걸 들어주었다. 최소한 내가 듣기로는 유년 시절에 대한 이야기였단 뜻이다. 나는 그 이야기를 대충 듣는 둥 마는 둥 하면서, 이번 일에 더 깊이 휘말리지 말고 적당히 발을 빼야겠다고 생각하고 있었다.

나머지 세 사람이 술집에 도착할 즈음에는 드랙스는 자기 이야기를 끝낸 뒤 정신 나간 듯이 웃어대면서 손으로 테이블을 쾅쾅 내려치고 있었다. 어찌나 세게 쳤는지 테이블에 금이 가고 말았다. 데이와 나는 서로 눈빛을 교환하며, 우리가 웃어야 할 부분을 대체 어디서 놓쳤는지 상의하고 있었다.

"그래, 무슨 일이래?" 퀼은 테이블로 와서 말했다. "이미 한 시간 전에 밀라노에서 다시 만나기로 했었잖아."

"그래, 사방에 수색대까지 푼 걸 보면 네가 우릴 참 많이 걱정하는 거 같더라." 나도 맞받아쳐주었다.

퀼은 곧장 성을 냈다. "인마, 너희들 사생활을 존중해준 거잖아."

여기서 평소처럼 가모라가 끼어들어 이성적인 중재를 해주었다. “너희 두 멍청이들은 좀 닥치지 그래?” 그녀는 말했다. “로만 데이, 로켓이 그러던데, 우리 도움이 필요하다면서.”

“그래요. 이 가디언즈 오브 갤럭시가 노바 군단을 위해 뭘 해드리면 되겠습니까?” 퀼은 이렇게 말하면서 자리에 앉아 의자에 등을 기대고는, 양손을 뒤통수에 얹었다. 내 생각에 퀼도 데이에게 뭔가 빚을 지게 한다는 기회를 즐기고 있는 것 같았다. 특히나 우리가 반'란 녀석을 잡던 도중 *밀라노*가 난파되는 바람에, 노바 군단에게 견인을 좀 해달라고 도움을 청한 직후이니 말이다. 퀼과 나는 아직 눈도 한 번 마주치지 않았지만 대충 무슨 생각을 하고 있는지는 뻔히 보였다.

“일단 네게 도움을 청해야 한다는 것 자체가 고통스럽다는 걸 말해두지, 스타 호구.” 데이가 말했다. 스타 호구? 내가 들어본 단어 중에 최고로 웃기는 어휘였다. 맹세컨대 앞으로 꼭 써먹고야 말리라.

“스타 로드거든.” 퀼이 격노해서 말했다.

“그래, 알아.” 데이가 말했다. “어쨌든 너희들이 잔다르의 기록소를 좀 해킹해줬으면 하는데.”

가모라는 데이를 물끄러미 바라보다가 내게로 시선을 돌렸다. “로켓, 이게 다 무슨 일이야?” 가모라가 물었다.

“나 쳐다보지 마, 내 생각 아니야.” 내가 말했다.

“로켓 말이 맞아. 얘는 어, 내가 필요한 정보를 얻어내는 걸 도와줬어.” 데이는 사연을 풀기 시작했다. “그리고 이제는 기록소에서 뭘 좀 확인해봐야 돼."

"그냥 본인이 직접 데이터베이스를 확인해보지 않는 이유가 뭐지?" 가모라가 물었다.

데이는 아무 말도 하지 않았다. 그러자 퀼이 눈을 크게 뜨며 눈빛을 번뜩였다.

"그게 금지되어 있으니 직접 데이터베이스를 확인해볼 수가 없는 거로군." 퀼은 갑자기 정말 정말 즐거워졌다는 어투로 말했다.

"그게 금지되었다는 말은 안 했어." 데이는 신중하게 말했다. "그보다는 기밀 정보라는 데 더 가깝지."

"자자 퀼, 위험할 게 뭐 있어? 그냥 *밀라*노로 돌아가서, 데이터베이스를 해킹한 다음, 데이가 원하는 정보를 빼내서 이 시궁창을 뜨면 되는 거잖아." 내가 말했다. 정말 괜찮은 계획처럼 들렸다.

"잠깐만 있어봐." 퀼이 말했다. "우린 더 이상 범죄자가 아니야, 그렇지? 그런데 이 짓을 하다가 걸리면 어떻게 되는 거야? 다시 범죄자가 되는 거잖아, 안 그래?"

"논리 한번 정연하시네." 내가 말했다.

"실로 그렇다." 드랙스도 비꼬는 어투 하나 없는 목소리로 동의했다. "퀼이 생각하는 방식은 정말 옥에 티 하나 없이 명확하다."

"만약 우주의 운명이 걸린 문제라면?" 데이가 말했다.

"언제는 안 그런 적 있었나?" 가모라가 말했다. 그런 다음 가모라는 퀼의 팔을 잡아당겼다. "자자, 퀼. 우주선으로 돌아가서 이 일을 끝내버리자."

“뭐?” 퀼이 말했다. “아 왜, 우리 아직—”

“아니, 이제 ‘아직’은 없어. 데이가 필요한 정보를 얻을 수 있게 도와준 다음 여길 뜨는 거야.”

“내가 데이를 도와줘야 하는 괜찮은 이유 한 가지만 대봐.”

“데이는 아무도 우리를 도와주지 않았을 때 위험을 무릅쓰고 혼자 나서줬으니까.” 가모라가 말했다.

“그리고 괜찮은 사람이기도 하고.” 내가 덧붙였다.

아아, 여러분도 내가 저 말을 꺼내자마자 다들 날 쳐다보던 그 표정을 직접 확인해봐야 할 텐데.

“왜?” 나는 말했다. “그렇게 웃기게 쳐다보지들 마. 사실이라고!”

CHAPTER 18

일지 3X-AFVN.13.45

*밀라노*가 수리 중인 격납고로 걸어가는 길은 심심하고 별일도 없었다. 뭐, 거의 심심했다는 뜻이다. 우린 평소처럼 서로를 헐뜯고 앞으로 할 일에 대해 말싸움을 벌였지만, 그래도 우린 가족 아닌가? 가족은 원래 서로 싸우는 법이다. 보통 우리만큼 자주 싸우지는 않을지도 몰라도.

그래도 가족이잖아.

어쨌든.

우리는 앞으로 정확히 뭘 할지 계획을 세웠다. 우선 잔다르의 게임 서버에 로그인을 한 다음, 이걸 백도어로 삼아 기록소를 해킹하기로 했다. *밀라노*의 컴퓨터는 그 어떤 네트워크에도 속해 있지 않으니, 이론적으로는 노바 군단이 우리가 송출한 신호를 추적할 방법이 없을 것이었다.

이론적으론 말이지.

실제로는 어떤 거냐고? 내가 지금 일지를 이따위로 쓰는 걸 보고도 모르겠냐? 나도 안 믿을 개소리였다.

*밀라노*에 도착했을 때는 이미 우주선의 수리가 거의 끝난 상태였다. 물론 여기저기에 대충 수선한 자국이 있었고, 도색을 새로 할 때가 되기도 했다. 그래도 전체적으로 따져보면 상태가 꽤나 괜찮아 보였다.

"로켓, 데이와 같이 먼저 들어가." 가모라가 말했다. "검색 시작해. 우리는 여기 바깥에서 수리를 마무리하는 걸 도울 테니까."

나와 데이는 드랙스, 가모라, 퀼과 그루트를 밖에 남겨두고 밀라노에 들어가 조종석으로 갔다. 그런 다음 중앙 컴퓨터로 시스템을 변경한 다음, 부팅이 되길 기다렸다.

"대충 일 분 정도 걸릴 거야." 나는 컴퓨터를 가리키며 말했다. "고물이거든."

"너처럼?" 데이가 말했다.

하 참, 이 양반 마음에 들었었는데.

컴퓨터는 잠시 우웅— 거리면서 달칵거리는 소리를 내더니 부팅되었다. 나는 곧장 데이의 말대로 잔다르에서 서비스하는 게임 사이트에 접속했다. 로그인이 끝나자 나는 해킹을 시작했다.

그렇게 데이와 내가 화면 앞에 앉아서 기록소 화면이 뜨길 기다리고 있었는데, 갑자기 내 등에 뭔가 닿는 게 느껴졌다.

뭔가 쇳덩이 같은 물건이었다.

그런 다음 그 누구도 듣고 싶어하지 않을 만한 세 마디 단어가 내 귓속으로 들어왔다.

"안녕, 죽일 놈."

CHAPTER 19

일지 3X-AFVN.13.51

"망할, 지금 장난쳐?"

나는 데이가 그렇게 이성을 잃을 수 있는 사람인 줄은 몰랐다. 하지만 일단 지금 데이는 상당히 화가 나 있었다.

그렇다고 데이를 너무 탓할 수는 없었다. 어쨌든 미어 카알이 한쪽 인공 귀까지 잃은 채 *밀라노*까지 들어와서 우리 등에 총을 들이밀고 있는 상황은 전적으로 나 때문이었으니까.

"장난 아니야." 미어 카알은 말했다. "살벌한 진담이지. 이제 내가 너희들의 내장을 튀겨버릴 동안 컴퓨터 화면이나 보고 있으라고."

"잠깐만." 데이가 뚫어질 것 같은 시선으로 내 눈을 똑바로 들여다보며 말했다. "그냥 지금 상황을 좀 이해해보자. 너 구금실에서 빠져 나올 때 구멍 막을 생각을 안 했어?"

"응." 나는 대답했다.

"저놈 귀를 가져올 생각은 했는데, 그 망할 놈의 구멍을 막을 생각은 안 했단 거야?" 데이는 계속 말했다.

"응." 나는 또 대답했다.

데이는 얼굴을 돌려 미어 카알을 바라보았다. "이놈 말이 백 퍼센트 사실이냐?"

"백 퍼센트 사실이지." 미어 카알은 말했다. 그러고는 총을 들어 로만 데이의 미간에 똑바로 갖다 댔다. "넌 너무 많은 걸 알고 있어, 로만 데이. 너와 저 끔찍하고 광견병 걸린 개자식을 죽이면 내 비밀도 다시 안전하게 지켜지겠지. 작별 인사나 하라고."

놈은 총의 안전장치를 풀었다. 저건 분명 진심이었다.

"잠깐!" 나는 말했다.

"또 뭐야?" 미어 카알이 대답했다. 꽤나 화가 난 목소리였다. 뭐, 정확히는 화가 났다기보다는 김이 샜다는 쪽에 더 가까웠다. 내가 보기엔 그랬다. 실제로도 나는 다른 사람들의 인내심을 자주 시험해본다는 평가를 받고 있었다.

"네가 말한 게 진짜인지 우리가 어떻게 알아?" 나는 미어 카알에게 말했다. "네가 지금까지 우리한테 거짓말만 했을 수도 있잖아. 너 크리인이라며? 그러면 온갖 심문 기술에도 다 면역이 되어 있을 수도 있는 거 아냐?"

미어 카알은 내 말을 듣고 좀 헷갈리는 것 같았다. 그놈은 그냥 제 자리에 멍하니 선 채 내가 방금 한 말을 곱씹어보는 듯 했다.

"그래, 난 크리인이니까 당연히…." 미어 카알은 그렇게 말하다가 갈수록 목소리가 천천히 잦아들었다. 순간 '내가 녀석을 갈궜을 때가 기억났나' 하는 생각이 들었다. 실제로 이 녀석이 우리에게 계속 거짓말을 하고 있었다면 애초에 귀찮게 우릴 죽이려 올 필요도 없었지 않은가. 밀라노에 나타난 유일한 이유는 녀석이 지금껏 진실만 얘기했기 때문인 것이다.

내가 장담하는데 이 녀석은 거기까지 생각이 미치자 *엄청* 화가 났을 것이다.

데이의 얼굴에 총구를 구겨 넣는 걸 보아하니 확실히 격노한 것 같았다.

"작작 해." 놈은 으르렁거렸다. "좋은 말은 끝났다. 이제 죽을 시간이다!" 나는 어깨를 으쓱하고는 앞쪽을 바라보았다.

"뭐, 좋아. 정 원한다면야. 그런데 내 생각엔 너 엄청 큰 실수를 한 것 같아."

"아, 그래? 그렇게 생각해?" 미어 카알은 비웃었다. "그거 아냐, 털북숭이 자식아? 네 생각 따위 아무도 신경 안 써!"

"나는 그루트다!"

아아, 그 꼬맹이 녀석을 보게 되어서 그렇게 반가울 수가 없었다. 그래, 내가 옛날에 같이 다녔던 그 덩치 큰 그루트 같지는 않았다. 그 녀석은 정말 거대했지. 그리고 언제나 날 구하러 와줬고.

하지만 이 그루트는 몸집만 쪼끄맣지, 예전 녀석처럼 날 구하러 와줬다.

그루트는 미어 카알의 등으로 곧장 뛰어 올라 등짝을 두들겨 패기 시작했다.

녀석이 그렇게 자랑스러울 수가 없었다! 내가 지금 의자에 앉아 등에 총구가 들이밀어진 채 앞쪽만 바라보고 있는 상황만 아니었어도 딱 내가 하고 싶었던 대로 미어 카알을 때려눕히고 있는 모습이라니!

그 후 나머지 녀석들도 뛰어들어왔다. 그루트는 미어 카알에게 올라탄 채 계속 버티고 있다가 드랙스가 카알의 배에 주먹을 한 방 먹여 그 짝귀 녀석을 땅바닥에 쓰러트린 후에야 비로소 놈을 놓아주었다.

"이자는 누구인가?" 드랙스가 물었다.

"길거리에서 만났던 그 미친놈이네." 가모라가 녀석을 알아보고는 말했다.

"그 녀석은 미어 카알이야. 아직도 노바 군단이 구금하고 있어야 할 용의자지. 로켓의 만행만 없었다면 말이야." 데이는 비난하는 눈길로 나를 쳐다보았다.

세상에나, 좋은 일 해봤자 다 헛짓이라니까. 그렇지 않아?

"굉장히 깐깐하게 말씀하시네." 나는 말했다.

일지 3X-AFVN.13.62

그 풍경을 사진으로 찍어뒀어야 하는데. 드랙스는 우리가 작업을 마치는 동안 미어 카알을 깔고 앉은 채 제압해두고 있었다. 진짜 그녀석 *위에* 깔고 앉아 있었단 뜻이다. 믿을 수가 없었다.

나는 다시 기록소 해킹 작업을 재개했다. 그렇게 기록소에 접속해 정보를 검색한 다음 아포스 프라임에 대한 기밀 파일을 찾아낼 수 있었다. 이 정보를 로만 데이에게 직접 전송한 다음, 기록소에 접속했다는 사실을 누군가에게 들키기 전에 재빨리 빠져 나왔다.

그게 전부였다.

"이거 가디언즈 오브 갤럭시에게 빚을 하나 진 것 같은데." 데이는 꽁꽁 묶인 미어 카알을 앞세운 채, 우주선 아래의 수리 격납고로 걸어 내려가면서 말했다. 나머지 우리들은 그 뒤에 서 있었다.

"그래, 빚 하나 진 것 같네." 내가 말했다.

가모라는 나를 째려보더니, "로켓" 하고 타이르듯 말했다.

가모라가 그럴 때마다 기분이 참 불편하다. 가모라만큼 내 기분을 불편하게 할 수 있는 사람이 또 없다. 타노스의 딸마저 언짢아할 정도라면, 자기가 뭘 그리 잘못했는지 당연한 죄책감이 들게 되지 않나.

어쨌든 말이다.

"아냐, 로켓 말이 맞아." 데이는 말했다. "큰 빚을 하나 졌어. 다들 도와준 덕분에 더 많은 인명을 구할 수 있게 됐거든."

"내가 바래다주지." 나는 다른 애들에게 손을 흔들고 있던 데이에게 말했다. 우리는 *밀라노*로부터 멀어져, 마을 쪽으로 통하는 거대한 격납고 문으로 향해 걸어갔다.

"꽤 괜찮은 경험이었어." 나는 말했다. 진심이었다.

"동감이야." 데이는 말했다. "우리가 처음 만났던 날에, 네가 언젠가는 우리 둘이 서로 협력하게 될 거라고 말했더라면 절대 믿지 못했을 거야."

"동감이야." 나는 말했다. 이것도 진심이었다.

"너희 둘 다 고통스럽고 파멸적인 죽음을 맞이하길 바라!" 미어카알이 꽁꽁 묶인 채 몸부림치며 공언했다.

나는 씩 웃었다. "그래, 그럼."

"우주 한 바퀴 돌아 만나자, 로켓." 데이는 내 어깨를 툭툭 치며 말했다.

나도 데이에게 빠르게 손을 한번 흔들어주고는, 다시 등을 돌려 밀라노로 돌아갔다.

"내가 조종 장치 건드리면 안 된다고 했어, 안 했어?"

"했지."

그루트는 태블릿 화면으로부터 눈을 들었다. 그루트가 웅크리고 있던, 작은 우주선의 뒤쪽 자리에서는 로켓이 조종석에 앉아 있는 모습이 보였다. 그 옆에는 토르가 마치 항의를 하듯이 양손을 든 채 서 있었다.

"그럼 **왜. 조종. 장치를. 만지고. 있어?**" 로켓은 소리쳤다.

"네가 부탁했으니까." 토르가 말했다. 그 목소리는 정말 놀라울 정도로 침착했다.

"아 그래? 내가 언제 그랬는데?" 로켓이 다시 쏘아붙였다.

"나는 그루트다." 나무가 말했다.

"넌 빠져 있어." 로켓이 어깨 너머로 내뱉었다. "너한테 말하는 거 아니거든!"

"나무 말이 맞아. 네가 승강구 밑으로 내려가서 수리를 하는 동안 나보고 조종 장치에 앉아 있으라고 했었잖아."

"아!" 로켓이 펄쩍 뛰어 올라 의자 위에 꼿꼿이 서서 말했다. 그래도 아스가르드인과 눈을 맞추기에는 한참 모자란 신장이었지만, 그래도 시선이 조금 가까워지긴 했다. "조종 장치에 **앉아 있으라고** 했지! 언제 **만지라고** 했어! 차이점을 알겠어? 이해가 돼?"

"미안하군, 선장." 토르가 어르듯 말했다. "당연히 널 존중하고 말고."

"아 그래?" 로켓은 소리쳤다. 그러다 조금 후에야 토르가 정말로 사과를 했다는 점을, 그리고 이 우주선을 책임지는 자신의 권위를 다시금 인정해줬다는 점을 깨달았다. 로켓은 이 두 가지를 깨닫자마자 거의 즉시 얌전해졌다.

"어, 그냥 조종 장치만 만지지 마. 그것만 부탁할게." 로켓은 웅얼거렸다. 목소리가 부드러워져 있었다.

"유념하지." 토르가 대답했다.

"나는 그루트다."

토르는 한숨을 푹 쉬더니 그루트에게 미소를 지어 보였다. "동감이야."

CHAPTER 20

로켓이 조종석에 앉아 조종 장치들을 만지는 동안 토르는 우주선의 뒤쪽으로 걸어갔다. 그러다 천장에 머리가 부딪히는 걸 피하기 위해 몸을 숙이면서 오른손으로는 우주선의 선체를 짚었다.

"나는 그루트다." 나무가 앉은 자리에서 토르를 올려다보며 말했다.

"그래, 대부분의 아스가르드인들은 꽤 키가 크지." 토르가 대답했다. "슬슬 웅크리고 다니는 데도 익숙해지는 것 같아. 그나저나 항행을 하는 동안 거의 조용하던데. 뭔가 마음의 대비라도 하고 있는 거야?"

"나는 그루트다." 그루트는 어깨를 으쓱했다.

"이해해." 토르는 말했다. "가끔씩은 눈앞에 직면한 문제를 아예 신경 쓰지 않는 게 최선일 때도 있지."

"나는 그루트다." 그루트가 대답했다.

"응." 토르가 말했다. "아무래도 우리는 곧 거의 불가능한 과업에 맞닥뜨릴 것 같아."

로켓은 항행에만 신경 쓰고 있었고, 토르와 그루트 둘 다 자신만의 생각에 빠져들면서 우주선에는 잠시 정적이 찾아왔다.

"이봐, 토르!" 로켓이 항행 화면으로부터 토르와 그루트 쪽으로 얼굴을 돌리며 소리쳤다. "이 드워프들 얘기 또 해줘."

"니다벨리르의 드워프들 말이지. 그 드워프들은 아스가르드인들에게 무기를 만들어주지. 그 대가로 보호를 받아."

"그러니까 보호세 같은 거네?"

"보호세가 뭔데?"

"딱 네가 설명한 거."

"그렇게 말하는 걸 들으니 굉장히 안 좋은 것 같은데."

"내가 안 좋게 말한 게 아냐." 로켓이 말했다. "*네*가 그렇게 말했지."

"앗, 저기 봐! 소행성이다!" 토르는 우주선의 전방 창을 가리키며 말했다.

로켓은 즉시 의자를 돌렸다. "뭐? 어디?" 로켓이 다급한 목소리로 말했다. 하지만 로켓은 곧 소행성 같은 건 없었고 토르가 이 대화를 피하기 위해 수작을 부렸다는 걸 깨닫고는 헛웃음을 지었다.

"하." 로켓이 큰 소리를 냈다. "웃음이 나오네."

"그 소리 좋네." 토르는 이렇게 말하고는 등을 기대며 앉았다.

그루트는 토르가 창문 너머로 광활한 우주 공간을 바라보는 모습을 보았고, 로켓도 다시 우주선 조종에 집중하기 시작했다. 머지 않아 목적지에 도착할 예정이었다.

여정을 함께하는 동료들이 모두 적당히 바빠진 모습을 본 그루트는 다시 태블릿으로 시선을 돌렸다.

CHAPTER 21

일지 3X-AFVN.313

지금 내 기분은 유쾌한 기분과 꽤나 거리가 멀다. 어찌나 멀리 떨어져 있는지, 당장 여기서 망원경을 들여다봐도 유쾌한 기분을 찾아보긴 힘들 것이다.

다 이 '구출 임무' 때문이다.

으, 듣기만 해도 귀가 아플 지경이다. '구출 임무'라니. 보수는 하나도 못 받고 완전 손해만 보는 장사처럼 들리잖아.

"정확하게 알고 있네."

내가 '구출 임무'라는 말을 듣고 느낀 감상을 말하자 가모라는 이렇게 대꾸했다.

"그래, 나도 구출 임무가 뭔지 개념 정도는 알고 있어." 나는 주장했다. "우리 도움이 필요한 사람들이 있어. 좋아, 거기까진 괜찮아. 그런데 그런 사람들을 도와줬으면 마땅히 대가를 받아 챙겨야 하는 거 아냐? 이해가 안 돼."

"왜냐면 우리는 영웅이니까." 퀼이 치고 들어왔다. "우리는 가디언즈 오브 갤럭시잖아. 그러니까 당연히 가디언…질을 해야지."

"나는 그루트다."

하! 그루트 말이 맞다. "그래, 그딴 단어 없거든." 나는 맞장구를 쳤다.

"이젠 있어." 퀼은 이렇게 말하고는 자칫하면 찔려 죽을 만큼 강렬한 눈빛으로 나를 쳐다보다가 다시 우주선의 조종 장치로 시선을 돌렸다. 나는 목구멍으로 구역질하는 소리를 내 보였다. 퀼은 그냥 가모라의 관심을 끌고 싶어서 이타적인 구세주 흉내를 내고 있는 거다. 꼴값도 참.

"로켓."

가모라가 말했다. 언제나처럼 이성적인 목소리였다. 가끔씩 난 이성이 정말로 싫다. 그래도 가모라는 좋다. 그래, 모순인 거 안다.

"우린 그 사람들을 도와야 해. 이 구역에서 그들에게 때맞춰 도착할 수 있을 만큼 빠른 우주선은 우리밖에 없어. 우리가 돕지 않는다면 사람들이 죽을 거야."

또 시작이다. 감성에 호소하다니.

"네가 그렇게 말할 때가 참 싫어." 나는 으르렁거렸다.

"뭘 말할 때가 싫다는 거야?" 드랙스가 물었다.

"우리가 돕지 않으면 사람들이 죽는다는 거 말이야!"

"사실인걸!" 가모라가 소리쳤다.

"사실인 것도 알아!" 나도 마주 소리쳤다. "그냥 싫은 거야!"

그렇게 나는 내 자리에 앉아 조종석 바깥을 바라보며 잠시 씩씩거렸다. 가모라가 옳다는 건 안다. 그리고 사람들을 도와야 한다는 것도 안다. 하지만 옛날 버릇이란 떨쳐내기가 워낙 힘들다는 거, 알잖아?

"좋아, 네 방식대로 하자." 마침내 내가 언제나처럼 우아하고 타협적으로 입을 열었다. "다시 한번 영웅이 되어보는 거야."

"고마워." 가모라가 말했다. 하지만 빈말이었던 것 같다.

"고맙긴." 나도 말했다. 물론 빈말이었다. "하지만 부탁 하나만 하자. 진짜 사소하고, 보잘것없으며, 조그만 부탁이야."

"망할." 퀼이 보조 패널의 스위치 몇 개를 올리며 말했다.

"일이 다 끝난 다음에 모두가 안전하고 행복한 상태가 됐어. 그래서 우리한테 고맙다는 뜻으로 대가를 좀 주려고 해. **그러면 그건 제발 좀 받아오면 안 될까?"**

"나는 그루트다."

"정확해." 나는 내 말에 동의해주는 꼬맹이를 엄지손가락으로 가리키며 말했다. "그루트도 그렇다잖아!"

"좋아." 가모라가 말했다. "만약 대가를 준다면, 받아와도 돼."

가모라가 한 발 물러난 것처럼 보이긴 했지만 난 얘가 그보다 훨씬 치밀하다는 걸 안다. 여기서 진짜 양보를 했다기보다는, 그냥 한 수 접어주면 내 입을 닥치게 할 수 있단 걸 아는 거다. 그래서 그냥 내가 원하는 대답을 해준 거고.

똑똑하다니까.

"좋아, 이제 다 정리가 됐으니 이번엔 대체 어떤 웃기는 상황에 뛰어들어야 하는지 좀 알아볼까?" 내가 말했다. 실제로 이 상황이 백퍼센트 웃기는 상황이란 걸 알고 있었으니까. 최소한 우리까지 휘말리지만 않았다면 말이다.

"음." 퀼이 앞쪽의 화면을 바라보며 입을 열었다. "별로 대단하지는… 않아."

"대단하지는 않다라." 나는 말했다. "대단하지 않다니, 대체 정확히 무슨 뜻이야?"

"대단하지 않다는 뜻이다." 드랙스가 대답했다. "아주 뻔한 뜻이지, 어떤 뜻이냐면—"

"'대단하지 않다'는 게 무슨 뜻인지는 알아." 나는 드랙스의 말을 잘라먹으며 말했다. "내 말 뜻은, 대체 이 구출 임무의 **세. 부. 사. 항.**이 어떻게 되냐는 거야."

퀼이 웃음을 터뜨렸다. "아, 그거? 그래, 넌 별로 좋아하지 않을 거야."

일지 3X-AFVN.334

원 세상에, 퀼의 말이 틀리지 않았다.

이 구출 임무는 정말 말아먹을 판이었다.

구출 신호를 보낸 우주선은 '출신 불명'의 채굴선이었다. 즉 구출 신호를 송신할 때 자신들의 출신을 밝히지 않았다는 뜻이다. 그러니 까놓고 말해서 그 양반들의 태도가 우호적일지, 적대적일지, 아니면 그 사이의 어디쯤일지 알 방법이 없다는 뜻이다. 크리인지, 잔다르인지, 스크럴인지, 아니면 어떤 망할 놈의 밥맛 행성 출신인지도 알 도리가 없었다.

그러다 상황이 진전됐다.

더 나쁜 쪽으로 진전이 됐단 소리다.

이 채굴선은 소행성대 한가운데서 표류하고 있었다. 딱 봐도 소행성 하나에 끼인 모양인데, 주 엔진과 제어 추진기가 완전히 나간 것 같았다. 이 두 가지가 고장 난다면 자력으로 소행성대를 빠져나갈 방법이 없다. 물론 구조 요청자들은 자기 우주선이 방어막을 갖추고 있다고 확인을 해주긴 했다. 하지만 소행성이 날아와서 박을 때마다 방어막의 내구도도 떨어질 것이었다.

그러다 충분히 많은 소행성과 충돌한다면 당연히 방어막도 떨어질 테고 그러면 채굴선도 안녕이 되는 거다.

즉 상황이 촉박하단 뜻이다. 그 양반들이 더 이상 구출도 필요 없는 신세가 되어버리기 전에 그 우주선에 직접 접근해 소행성대 바깥으로 구해내야 했다.

"이번 구출 임무가 망할 것 같다고 생각하는 사람?" 내가 물었다. "손 한번 들어봐."

난 손을 들었다.

그루트는 나를 쳐다보더니 마찬가지로 손을 들었다.

착한 녀석.

"손 들지 마." 퀼이 우리에게 말했다. "손 든 사람 다 손 내려. 역겹다고!"

"그게 어떻게 역겨워?" 나는 물었다. "난 그냥 정직하게 구는 것뿐이야!"

"그 정직성이 역겹다!"

"그만들 유치하게 굴어." 가모라가 우리 모두에게 말했다.

CHAPTER 22

일지 3X-AFVN.37

*밀라노*가 정말 그립다. 다 고칠 수 있었다면 정말 좋았을 텐데. 우리가 베르허트에 추락했을 당시 꽤나 꼴사나운 모습이 되고 말았다. 즉 산산조각이 났다는 말이다. 우주선 한 조각은 여기, 또 한 조각은 저기, 이야, 조종석은 저기 나무 위에 걸려 있네!

나는 그 녀석을 고쳐보려고 미친 듯이 노력했다. 내 마음과 영혼과 땀과 침을 모조리 쏟아 부었다. 하지만 욘두와 라바저스가 나타나서 나와 그루트, 네뷸라를 상대로 실랑이를 벌이는 바람에, 수리를 다 끝마치지 못했다.

뭐, 네뷸라는 그다지 실랑이를 벌이지 않았다. 걔는 금세 우릴 배신해서 이용해 먹었거든. 교활한 것. 실력 하나는 정말 좋다니까.

그렇게 우리는 라바저스에게 잡혔다. 소버린이라는 자들의 의뢰였다는데, 내가 그 자식들에게서 애뉴랙스 배터리를 좀 훔치는 바람에 앙심을 품었다나. 그건 다른 얘기긴 하지만 그래도 진짜 멋진 배터리다. 어쨌든 라바저스는 우리 가디언즈 오브 갤럭시를, 그중에서도 퀼을 붙잡아서 소버린에게 데려가 억만금을 받으려 했다.

라바저스는 나와 그루트를 생포해서는 베르허트 행성을 떠나 자기들의 우주선인 *에클렉터*로 우릴 데려갔다. 그게 우리가 *밀라노*를 마지막으로 본 순간이었다. 그 후 우리는 다시 탈옥해서 에고와 싸우고, 퀼을 구하고, 우주를 구하고, 대충 이런저런 거를 했다.

그 후로 *밀라노*를 다시 보지 못했다.

그래서 우리는 새 우주선을 뽑았다. 이것도 빠르긴 하지만 내가 좋아하는 만큼 빠르진 않다. 그냥 엔진을 쥐어 짜서 속도를 내는 듯한, 그런 설계로 만들어진 우주선이 아니란 거다. *밀라노* 같지는 않다. 그 녀석은 오로지 속도를 위해서만 만들어진 우주선이었다. 진짜 자기의 한계를 한참 초월해서 몰더라도 멋지게 버텨주었다. 이 우주선은 어떠냐고? 압력 제한이니 속도 제한이니, 온갖 기술적인 것들을 죄다 *생각*하면서 몰아도 툭하면 우주선 전체가 덜덜 떨리기 시작한다. 얘가 따로 없다.

그 진동이 조종석까지 그대로 전해진다. 그 정도로 구리다.

그게 얼마나 구린 건지 다른 방식으로 설명해줄까? 가모라가 내 쪽으로 몸을 숙이더니 물어보더라. "이래도 괜찮은 거야?"

우주선이 이 정도로 떨려도 괜찮은 거냐는 얘기다.

나도 말했다. "아니, 근데 이렇네."

그 정도면 모든 면을 총망라한 충분한 대답이었다고 생각한다.

그런 다음 나는 우리가 채굴선에 언제쯤 도달하게 될지 도착 시간을 확인했다. 나사들이 언제 떨어져 나갈지 모를 이 고물딱지를 몰더라도 시간은 충분했다. 대강 이십 분 정도면 도착할 것 같았다. 아직 소행성대가 눈에 보이지는 않았지만 항행 시스템으로는 포착이 되었기 때문에, 소행성 대를 통과하여 채굴선까지 가기 위한 동선을 짜기 시작했다.

그러니까 '동선을 짠다'는 것은 내가 화면을 보고 조그마한 소행성들이 엄청나게 떠다니는 것을 본 다음, 그냥 쭉 가도 되겠다고 판단했단 뜻이다. 물론 이런 속내는 아무에게도 말하지 않았다. 어쨌든 아직까지는 말하지 않았단 뜻이다.

"거기 도착하면 빠르게 움직여야 돼." 퀼이 말했다. "실수는 절대로 하면 안 돼."

"지금 정확히 누구한테 말하는 거야?" 나는 곧바로 쏘아붙였다. 잘 모르겠지만 어쩐지 나를 갈구는 것처럼 느껴졌다.

"우리 모두에게 말하는 거야, 로켓." 가모라가 말했다.

"그리고 정확히는 로켓을 집어서 말하고 있었지." 퀼은 기어이 한마디 거들었다.

봐라, 다 알고 있었다니까.

"할 말 있으면 그냥 해, 퀼." 나는 그놈 장난을 받아줄 기분이 아니었다.

"그냥 구출을 진행하면서 잘못되는 일이 없었으면 좋겠다는 얘기야. 작전 시간도 빡빡하고, 채굴선이 소행성에 맞고 파괴되기 전에 승무원들을 우리 배로 모두 옮겨올 시간도 몇분 밖에 없을 거란 거지."

"허." 나는 지금 내가 하고 싶은 말을 꺼낼지 말지 고민하면서 말했다. 잘하면 참을 수 있겠다고 생각했었는데, 이제는 참을지 말지 고민을 하고 있었다. 당연히 도움이 되지 않았다. "꼭 나를 콕 집어서 얘기하는 것처럼 들려서 말이야."

"그런 거 아니야." 가모라가 말했다.

"맞거든." 퀼이 말했다.

"이 우주선에 있는 놈들 다 싫어!" 나는 냅다 외치고는 조종 장치로 몸을 돌렸다.

"나는 왜 싫어하는데?" 드랙스가 말했다. "나는 아무것도 안 했다. 부적절한 처사로군."

"좋아, 넌 안 싫어." 나는 말했다.

"나는 그루트다."

"너도 안 싫어."

"경사 났군, 그럼 나랑 가모라만 남았네." 퀼이 말했다.

"가모라도 안 싫어!"

"그럼 나만 싫어?"

"너만 싫어!"

퀼은 나를 쳐다보더니 미간을 찌푸렸다. 그 표정은 꼭 자기 생각이 맞다고 생각할 때 지어 보이는 표정이었다. 그러고는 말했다. "그럼 다음부터는 그냥 그렇게 말하라고! 자꾸 그런 식으로 말하니까 다른 사람들이 불편해지잖아."

"제발 구출 계획을 좀 세워보게 너희 멍청이들도 작작 싸워줄래?" 가모라가 말했다. 꽤나 심각해 보이는 표정이었다. 가모라가 저런 표정을 짓는 것은 꽤 자주 봤는데, 주로 어떤 불쌍한 희생자의 머리를 칼로 잘라낼 때 짓는 표정이었다.

그래서 난 입을 다물었다.

일지 3X-AFVN.389

"소행성 지대… 진입." 퀼이 말했다.

그제야 우리는 처음으로 그 소행성대를 직접 확인하게 되었다. 괴물이 따로 없었다. 그런 소행성대는 지금껏 본 적이 없었다. 소행성들이 크다거나 하지는 않았다. 그냥 엄청나게 *많았다*. 게다가 소행성들이 우주에 그냥 떠다니는 것도 아니었다. 보통 일반적인 소행성들은 그냥 제자리에서 회전하며 유영한다. 거기다 우주선의 항행 속도는 꽤나 빠르기 때문에 소행성들 역시 빠른 상대 속도로 스쳐 지나가지만, 그래도 소행성의 자체 속도는 느리기 때문에 피해 가기가 쉽다.

그런 상식이 이번 소행성대에는 통하지 않았다. 이 돌덩이들은 *움직이고* 있었다. 게다가 굉장히 빽빽하게 몰려 있어서, 마치 단단한 돌담을 형성하고 있는 것처럼 보였다. 나는 의자에 깊이 몸을 묻었다. 실제로 잠깐 동안은 이제 뭘 어떻게 해야 할지 고민이 되었다.

"저거 안 좋아 보이는데." 마침내 가모라가 입을 열었다. 처음으로 말을 꺼낸 게 가모라라서 참 반가웠다. 퀼이 말을 꺼냈다면 아마 나도 성질을 부렸을 것이다.

"나는 그루트다."

"그래, 나도 동의한다 인마." 나는 고개를 끄덕였다. "저길 통과하려면 정말 대단한 비행 기술이 필요할 거야."

"다행히 나 같은 최고의 조종사가 있으니까." 퀼이 말했다.

"안 돼!" 가모라가 말하고는 당장 퀼이 앉아 있던 자리로 뛰어가 그 녀석의 두 손을 잡고는 조종 장치에서 떼어놓았다. "그 바보 같은 꼴을 두 번 당하지는 않을 거야. 지난번 일이면 충분해."

가모라가 말한 그 '지난번 일'이란, 내가 소버린한테서 애뉴랙스 배터리를 훔쳐냈을 때의 일을 말하는 거다. 그 당시 우리는 소버린 옴니크래프트 함대에게 쫓기면서 도망을 치고 있었다. 그 상황에서 나랑 퀼은 누가 최고의 조종사인지 대화를 좀 나눴고, 그러다가 결국 밀라노를 부숴먹고 만 사고를 일으키는 데 아주 조금은 일조했을지도 모르겠다….

… 그것도 하필 소행성 대에서.

아오, 나 말고 딴 사람이 맞는 말을 할 때가 제일 싫다.

"로켓한테 조종을 시켜." 가모라는 목소리에 권위를 담아 말했다. "로켓, 할 수 있겠어?"

나는 앞쪽의 화면을 본 다음, 조종석 창문 너머로 소행성대를 직접 쳐다보았다. "그러니까 이 우주선을 박살내지 않고 소행성대를 통과해서 채굴선까지 도착할 수 있겠냔 뜻이야?"

(중간에 극적인 효과를 주기 위해 잠깐의 침묵을 첨가했다. 실제로 엄청나게 극적인 데다 효과적이기도 했다.)

"응."

이제 증명할 차례였다.

CHAPTER 23

일지 3X-AFVN.391

같은 우주선에 탄 동료들 모두가 여러분에게 온갖 트집을 잡아대며 훈수를 두는 상황에서, 소행성들 사이로 우주선을 몰아본 적이 있는가?

난 있다.

"'왼쪽'이라니까 왜 이해를 못 해?!"

"저 위에! 저기! 바로 앞에!"

"나는 그루트다!"

"어떻게 소행성이 날아오는 것을 눈치채지 못할 수가 있지?"

"나는 그루트다!"

"오른쪽! 왼쪽 말고, 오른쪽!"

대강 일 분 정도 저런 말들을 듣고 있자니 더 이상 참을 수가 없었다.

"다들 입 닥쳐!" 나는 폐를 쥐어짜내 외쳤다. "이 우주선을 몰고 있는 놈은 바로 나야. 내가 우주선 모는 방식이 마음에 안 들면 너희들이 직접 몰아! 이제 괜찮다면 내가 소행성대를 통과하게 좀 내버려 둬!"

내가 지금까지 우주선을 몰아본 이래 최악의 비행이었다. 소행성들은 정말 빠르게 날아다니는 데다 굉장히 빽빽하게 몰려 있었다. 새로 뽑은 우주선으로는 통과는 할 수 있을지 확신도 서지 않았다.

그때까지만 해도 행운이 좀 따라줬다. 물론 여기…나 저기…나 거기…나 또 저기…에 소행성이 몇 번 날아와 부딪히기는 했지만 그래도 전체적으로는 괜찮았다.

"누가 저 망할 놈의 경보 좀 꺼!" 이 우주선에는 외부에서 물체가 접근할 경우 경고를 해주는 경보 장치가 달려 있었다. 하지만 소행성대에 들어왔으니 사방에서 물체가 접근하고 있는 셈이었다. 덕분에 경보가 끊임없이 울려댔는데, 내 섬세한 청각에는 고문이 따로 없었다.

딱히 잘난 척을 하고 싶지는 않지만 이 비행은 꽤나 예술이었다. 나는 초고속으로 날아다니는 돌무더기들을 계속해서 회피하고 있었다. 보기에는 쉬워 보였다. 어느 정도는 말이지.

하지만 조종사가 자신의 능력에 대해 지나치게 자만하거나 자신감을 갖게 되는 것은 언제나 위험하다. 그런 일이 내게 일어났다는 소리는 아니다. 나는 겸손한 사람이다. 그냥 말해두는 거다.

내가 이런 말을 해두는 이유는 바로 그때 조그마한 소행성이 우주선의 오른쪽 날개에 부딪히는 바람에, 선체 전체가 회전하기 시작했기 때문이다.

쾅! (이건 소행성이다.)

왁! (이건 소행성이 부딪히는 바람에 우주선이 회전하자, 우리가 내지른 비명이다.)

우리는 갑자기 정신 나간 속도로 회전을 하기 시작했다. 뱃속의 내장이 목구멍까지 올라왔다가 다시 내려갔다가 도로 올라오는 등 계속해서 오르락 내리락 하는 게 느껴졌다. 분명 나머지 놈들도 토할 것 같았을 거라고 확신한다. 나는 회전을 멈추기 위해 우주선의 조종간을 홱 잡아챘지만, 그럴 수가 없었다. 이제는 물리법칙이 우주선을 조종하고 있었고, 이 법칙이란 녀석은 깨기가 상당히 어렵다.

회전을 멈출 수는 없었지만, 그래도 측면 기동까지는 조종할 수 있었다. 그래서 소행성대에서 정신 없이 회전을 하면서도 여전히 소행성들을 피할 수는 있었다. 그다지 예쁜 꼴은 아니었지만, 내가 할 수 있는 일은 여기까지였다.

"우주선을 안정시켜야 돼. 안 그러면 우린 다 죽어!" 가모라가 소리쳤다.

"나도 알거든!" 내가 말했다. 진심이었다. 나도 아주 잘 알고 있었다. 내가 그 상황을 이해하지 못하고 있던 게 절대 아니었다.

퀼은 대체 우주선의 회전이 멈추지 않는 이유를 파악하기 위해 빠르게 우주선 자체 진단을 돌렸다. 결과도 꽤 빨리 나왔는데, 그다지 달갑지는 않았다. "소행성이 부딪히는 바람에 오른쪽 날개의 추진 엔진이 나갔어." 퀼이 외쳤다. "역추진으로 회전을 멈출 방법이 없어!"

짜증났지만 사실이었다. 회전을 멈추려면 양쪽 날개에서 역추진을 해서 우주선을 안정시켜야 했다. 하지만 왼쪽 날개의 추진 엔진만 가동되는 상황에서 역추진을 했다간, 회전 속도만 더 빨라질 뿐이었다.

내가 조종 장치를 잡고 우리 모두의 목숨을 살리기 위해 씨름을 하고 있는 동안 갑자기 등 뒤에서 작은 목소리가 들렸다.

"나는 그루트다."

"뭐?" 나는 말했다. 눈알이 빠지는 줄 알았다. "아니, 안 돼! 절대 안 돼! 그냥 가만히 앉아 있어!"

"우주선 밖으로는 절대 못 나간다, 그루트!" 가모라가 외쳤다.

"안 돼." 드랙스가 말했다. "내가 밖으로 나갈 거니까."

"뭐?!?" (이 말은 모두가 동시에 외쳤다. 여러분도 이 장면은 직접 봤어야 하는데, 꽤나 웃겼거든.)

CHAPTER 24

일지 3X-AFVN.392

믿을 수가 없었다. 그러니까 믿을 수는 있는데, 믿을 수가 없었다. 그게 무슨 말이지 이해가 간다면 말이지. 우주 항행 중에 뭔가 위험한 문제가 생길 경우 밖으로 나가서 뭔가를 고치거나 뭔가를 쏘는 일은 **언제나** 드랙스의 담당이었다. 그러니 이번 상황은 드랙스에게 아주 이상적으로 느껴졌을 것이다. 밖으로 나가서 고치는 것과 쏘는 것을 **동시에** 할 수 있는 기회였으니 말이다.

그런 의미에서 드랙스의 의견은 완벽하게 말이 되는 제안이었다.

"너도 밖으로 못 나가!" 나는 소리를 질렀다.

"이 우주선을 고칠 수 있는 사람은 나밖에 없어." 드랙스가 말했다. 녀석은 이미 창고에서 꺼내 온 홀로그래픽 우주복을 든 채 왼손에는 소총까지 움켜쥐고 있었다.

"나는 분명 너도 밖으로 나가지 말라고 했어, 이미 해결 방법을 찾았으니까!"

"방법을 찾았다고?" 퀼이 말했다.

"되게 놀란 것처럼 말한다." 나는 으르렁거렸다. "난 그 말투가 싫어."

"그냥 잊어버려." 가모라가 말했다. "그 방법이 뭔데?"

"엔진을 싹 다 껐다가 전력으로 추진할 거야." 나는 말했다.

좀 웃겼다. 생각했던 방법을 실제로 입 밖에 내보니 머릿속에 있었을 때보다 덜 훌륭하게 들렸다.

"이거 안 먹힐 거야." 퀼이 즉시 말했다.

"네가 어떻게 알아?" 가모라가 물었다.

"그래, 네가 어떻게 알아?" 나도 맞장구를 쳤다.

"나는 그루트다."

"아니, 쟤는 맨날 네 편만 들잖아." 퀼이 툴툴거렸다.

"인마, 이번만큼은 그냥 나를 믿어봐. 회전을 멈추려면 일단 전방 추진력을 없애야 해. 내 생각엔 분명 먹힐 거야."

나도 이게 제발 먹히길 바랐다.

"소행성들은 어떻게 할 건데?" 드랙스가 물었다.

"자리에 앉아서 쏘기나 하셔." 나는 말했다.

드랙스는 이 부탁에 굉장히 기뻐하는 것 같았다. 녀석은 소총과 우주복을 도로 내려놓고, 기총 좌석으로 앉은 다음 냅다 쏴 갈기기 시작했다.

"다들 꽉 붙잡아!" 나는 소리쳤다. 그런 다음 엔진들을 완전히 껐다. 우주선은 여전히 회전하고 있었고, 관성으로 남아 있던 추진력은 여전히 우릴 움직이고 있었다. 하지만 최소한 문제를 더 키우고 있는 상황은 아니었다. 그런 다음 나는 역추진을 전력으로 전개했다. 다들 좌석에 앉아 안전벨트를 단단히 차고 있지 않았더라면 나가 떨어졌을 것이다.

회전은 아주 미약하게나마 점점 느려지기 시작했지만, 아무래도 이 우주선은 내가 저지른 짓이 그다지 마음에 들지 않는 것 같았다. 이 녀석이 크게 신음을 하고 살짝 기울어지더니, 전방 비행 구획에서 불똥이 튀는 것이 보였다. 분명 좋은 징조는 아니었다.

“아무래도 우주선이 이 꼴을 오래 버티지는 못할 것 같은데!” 퀼은 엔진 소리마저 뚫고 고래고래 소리를 질렀다.

“선택권이 없는 것 같아!” 가모라도 말했다.

백십 퍼센트 맞는 말이었다.

우주선은 여전히 돌고 있었지만 아까만큼 빠르지는 않았다. 한 바퀴 돌 때마다 속도가 점점 느려졌다. 그러다 뭔가 갈라지는 소리가 엄청나게 크게 나는 바람에 우리는 걱정스러운 눈길로 주위를 둘러보았다. 보통 우주선을 타면 그런 소리를 절대 듣고 싶지 않거든. 마치 누군가가 날개를 한 뭉텅이 뜯어내는 듯한 소리였다.

“봐.” 드랙스가 평온한 목소리로 말했다. “날개 한 뭉텅이가 날아가는군.”

좋아, 이제 우측 날개의 끝 부분을 잃었다. 그래도 어차피 그 부분의 추진 엔진은 다 고장이 났다는 걸 생각해보면 그리 큰 손실은 아니었다. 그까짓 것 없어도 우주선은 날릴 수 있었다.

회전은 계속해서 느려졌고, 나는 역추진을 껐다. 그런 다음 주 엔진을 켠 다음 조종간을 최대한 세게 밀어붙였다. 드랙스가 조종석을 향해 똑바로 날아오던 소행성 하나를 격추시키고 있었다.

이번 건 아슬아슬했다.

일지 3X-AFVN.41

"그렇게 아슬아슬할 필요는 없었는데 말이야." 퀼이 언제나처럼 명랑한 어조로 툴툴거렸다. 아마 방금 내가 해냈던 굉장한 활약상을 자기가 먼저 생각해내지 못했다는 게 속이 쓰렸을 것이다.

나는 어땠냐고? 내가 해냈다는 게 믿어지지가 않았다! 마지막 순간에는 드랙스가 소행성 하나를 명중시키면서 가운데서부터 깔끔하게 쪼개버렸다. 그때 나는 우주선의 전방 추진력을 다시 통제할 수 있게 되었기 때문에, 두 소행성 파편 사이를 털 끝 하나 스치지 않고 우아하게 통과했다.

"거 참!" 나는 소리를 질렀다. "아슬아슬하지 않으면 무슨 스릴이 있겠어? 또 재미는 어떻고?"

"이 우주선 고치는 데 얼마나 들어갈지 짐작이나 가냐?" 퀼이 말했다.

"나야 모르지." 나는 쏘아붙였다. "내가 회계사인 줄 알아?"

급박한 상황은 빠져 나왔지만 우린 여전히 충분히 위험한 상황들 사이에 갇혀 있었다. 이 소행성대는 악몽 그 자체였고 우리의 우주선도 최고의 상태가 아니었다.

"채굴선은 어디에 있어?" 나는 한창 분석기를 들여다보고 있던 가모라에게 물었다.

"스캔 결과에 따르면 채굴선은 우리 바로 아래에 있어. 잠시 후면 눈으로도 볼 수 있게 될 거야." 가모라가 말했다. 그러더니 가모라는 미간을 찌푸리고는 화면을 더 가까이 들여다보았다. "이… 럴 수가 없는데?"

"아니, 이럴 수가 없다니 무슨 뜻이야?" 퀼이 걱정스러운 목소리로 물었다.

나도 걱정이 되었다. 가모라 같은 사람이 '*이럴 수가 없다*'라고 말한다면, 그건 진짜 그럴 수가 없는 거다. 그럴 수가 없다고 믿는 편이 훨씬 낫다. 가모라는 평소에도 농담을 잘 하지 않는 성격이고, 특히 이런 문제에 대해서는 더했다.

"채굴선— 내부에서 막대한 방사능 파장이 뿜어져 나오고 있어." 가모라가 말했다. "이런 수치는 처음 봐."

"그 전까지는 표출이 되지 않았던 건가?" 드랙스가 물었다.

가모라는 고개를 흔들었다. "지금까지는 아무것도 포착되지 않았어. 마치… 파동 같아. 밀려왔다가 사그라들었다가 하네. 꼭 확장과 수축을 반복하고 있는 것 같아."

"재들이 채굴한 것에서 나오는 게 아닐까?" 내가 상황을 파악해

보려고 하면서 말했다. "일종의 광물 같은 거?"

"그럴 수도 있지." 가모라가 말했다. "어느 쪽이든 일단 홀로그래픽 우주복의 방사능 차단 안전 기능을 켜는 게 낫겠어."

"그래." 나는 덧붙였다. "보수도 못 받고 또 방사능에 피폭까지 된다면 정말 최악일 테니까."

CHAPTER 25

일지 3X-AFVN.49

"반응은 없어?" 퀼이 물었다.

가모라는 방사능이 검출된다는 점을 파악한 후 계속해서 그 채굴선과 통신을 해보려고 시도하고 있었다.

"전혀 없어." 가모라가 말했다. "어쩌면 통신 장비가 고장이 났는지도 모르지."

"소행성대에 휘말리면서 장비가 나갔을 수도 있지." 내가 말했다. 충분히 일리 있는 생각이었다. 최소한 이치에 맞긴 했다. 하지만 마음에 들지는 않았다. 애초에 이 일 자체가 뭔가 나와는 맞지 않았다.

"저기 보인다." 퀼이 입을 열자, 모두가 앞쪽을 바라보았다. 저 앞쪽의 소행성들 사이에서 채굴선의 윤곽이 보였다. 너무 크지는 않았다. 대략 십오 미터에서 이십 미터쯤 될까. 게다가 완전히 어두웠고 불빛은 전혀 보이지 않았다.

"소름 돋는데." 내가 말했다.

"나 역시 로켓에게 동의한다." 드랙스는 표류 중이던 채굴선을 바라보며 말했다. "아주 기분이 불편하다는 의미에서 소름이 돋는다는 거야. 좀 더 자세하게 설명해주도록 하지."

"아니, 난 괜찮아." 내가 말했다.

"그래. 우리 모두 괜찮아, 드랙스." 퀼이 참견했다. "우리 모두 지금 소름이 돋는 것 같으니까."

"나는 그루트다."

"그래, 당장 여기서 발 빼고 도망치고 싶은 심정은 나도 이해해." 나는 그루트에게 말했다. 걔가 틀린 말을 한 것은 아니었다. 묘목 치고는 정말 많은 것을 보고 배운 아이였다. 게다가 꽤 똑똑한 축에 속했다. 분명 날 닮은 거다.

"저 사람들을 그냥 놔두고 갈 수는 없어." 가모라가 말했다. "우주선을 세워. 우주복을 입고 함선에 진입해서 생존자를 찾아보자. 그런 다음 여기서 빠져나가는 거야."

나는 가모라를 쳐다보았다. "제가 누구 말씀을 거역하겠습니까?" 나는 이렇게 말한 다음 우주선을 더 가까이 댔다.

채굴선은 버려진 것처럼 보였다. 가까이 접근할수록 채굴선의 선체에 나 있는 창문들이 보였지만, 정작 뭔가 살아 있는 듯한 징후는 전혀 보이지 않았다. 아직 살아 있는 승무원이 있었다면 분명 다른 곳에 숨어 있어야 할 판이었다.

그러다 나는 뭔가를 깨달았다.

"그 방사능 파장 말이야." 아무래도 꽤나 큰 소리로 말했던 것 같다, 다들 내 쪽을 돌아본 것을 보면 말이다. "그 원인이 뭐든 간에, 승무원들은 분명 그 파장을 피해야 했을 거야. 어쩌면 방사능 차단실에 들어간 건 아닐까?"

"그러면 아무도 보이지 않는 이유가 설명되네." 가모라가 말했다.

"그래." 퀼이 덧붙였다. "그게 아니면 이미 다 죽었거나."

"항상 긍정적인 면만 본다니까." 나는 말했다. 지금의 퀼처럼 비관적인 부분을 보는 역할은 보통 내가 맡았었다. 훨씬 비관적인 편이었지. 하지만 지금 나는 저 소름 끼치는 채굴선에 점점 다가가면서 생존자라고는 한 명도 보이지 않는데다 방사능까지도 뿜어내는 그 우주선 안에 들어가서 혹시 생존자는 없는지 찾아보고 싶다는 마음이 들고 있었다.

내가 대체 왜 이러지?

일지 3X-AFVN.53

"거기, 사다리 잡아!"

하마터면 놓칠 뻔했다. 퀼이 사다리 쪽을 가리키지 않았다면 자칫 우주선에서 완전히 떨어져 나갈 뻔했다. 내가 앞으로 뻗은 손에 간신히 금속 사다리가 잡혔다. 나는 사다리 쪽으로 몸을 끌어당기면서, 다른 손으로는 사다리의 다음 단을 잡았다.

"괜찮냐?" 퀼이 물었다.

"그래, 그래." 나는 말했다. 아마 고맙다고 말할 타이밍인 것 같은데 사실 내가 그런 걸 잘 못한다. 그리고 어쨌든 퀼도 내 마음을 다 알 거다.

어깨 너머를 바라보자 홀로그래픽 우주복을 입고 있는 드랙스가 눈에 들어왔다. 드랙스는 우주선 선체의 반대편에 있었다. 퀼은 채굴선의 선체 외부를 두르고 있는 금속제 사다리를 타고 저 위까지 올라가 이미 조종석에 도달해 있었다.

"안쪽에서 뭔가 보여? 뭔가 살아 있는 게 있는 것 같아?" 나는 통신기에 대고 말했다. 하지만 그 대답은 듣기 전부터 이미 알고 있었다.

퀼은 고개를 흔들었다. "아무것도 안 보여. 도대체 안쪽이 보이질 않네. 심지어 컴퓨터에서 나올 만한 불빛도 보이질 않아." 퀼이 말했다. "가모라, 방사능 수치는 어때?"

가모라와 그루트는 다시 우리 우주선으로 돌아가 있었다. 뭔가 일이 잘못된다면 곧장 우리를 태우러 올 것이었다. 아니면 우리가 다 죽었을 경우에는 그냥 두고 떠나겠지.

"수치는 안정적이야." 가모라는 통신기를 통해 똑똑히 말했다. "여전히 오락가락하네."

"좋아." 나는 말했다. 이 상황을 그냥 두고 등을 돌리기가 너무 불안했다. "승강구를 열고 들어가보자. 여기 하루 종일 있기는 싫어."

"그것은 불가능해." 드랙스가 말했다. "여기까지 오는 데만도 이미 하루 종일 걸렸잖아."

"함선 구획을 감압해서 승강구를 열어보자." 퀼은 말했다.

나는 금속 사다리를 타고 승강구 쪽으로 다가갔다. 승강구 옆에는 번호판이 있었다. 분명 여기에 비밀번호를 입력하면 함선 주요 구획의 기압을 낮춰서 외부 우주 공간과 동일한 진공 상태를 만드는 장치였다. 그러면 승강구가 열릴 테고 우리도 들어갈 수 있을 것이었다.

그런데 문제가 딱 하나 있었다.

"야, 퀼." 나는 말했다. "이 구획은 이미 감압이 되어 있어."

대체 무슨 일이 벌어지고 있는 거야?

일지 3X-AFVN.55

채굴선에 진입한 우리의 눈에 들어온 것은 완전한 어둠뿐이었다. 빛이라고는 우리의 우주복에서 나오는 것뿐이었다. 채굴선의 컴퓨터나 나머지 시스템 등등은 이미 모두 죽어버린 상태였다.

나와 드랙스 그리고 퀼은 채굴선의 내부에 있었다. 나는 내부 승강구 옆에 있던 조종 장치로 다가가 이 구획의 기압을 다시 높였다. 만에 하나 생존자가 있을 경우, 미리 이렇게 기압을 처리해둬야 우리가 주 구획까지 데리고 나온 생존자들이 질식사하는 걸 방지할 수 있을 테니까.

"이곳에는 아무것도 없군." 드랙스가 혼란스럽다는 목소리로 말했다.

"창고 칸으로 가보지." 퀼이 말했다. "채굴선이니 당연히 있을 거야."

채굴선의 뒤쪽으로 간 우리들은 사다리가 달린 구멍을 발견했다. 이 사다리는 아래쪽으로 통해 있었다.

"누가 먼저 갈래?" 나는 말했다. "난 아무래도 퀼이 앞장서야 한다고 생각해, 얘가 이번 임무의 대장이잖아."

"그래, *이젠* 갑자기 나를 임무의 대장으로 모시겠다?"

"입. 다물어."

가모라의 말이었다. 바깥에서 들어온 그 목소리는 한동안 허공을 맴돌았다.

"내가 가지." 드랙스가 말했다. "그동안 너희 두 겁쟁이들은 누가 대장인지나 결정하고 있어라."

드랙스는 나를 스쳐 지나가 그 널찍한 어깨를 구멍에 우겨 넣고는, 사다리를 타고 내려가버렸다.

"난 겁쟁이 아닌데." 퀼은 내게 속삭였다.

"네가 겁쟁이라고 한 적 없거든." 나도 받아쳤다.

"퀼, 로켓."

드랙스였다.

"이리 내려와. 당장."

CHAPTER 26

일지 3X-AFVN.57

내가 먼저 구멍으로 뛰어들어 사다리를 타고 내려갔다. 퀼은 바로 내 뒤를 따라왔다. 아래층에 내려온 나는 드랙스를 보자마자 우리가 곤란한 상황에 처했다는 사실을 알아차렸다.

드랙스는 얼굴을 금속제 바닥에 갖다 댄 채 엎드려 있었고, 그 머리 위에는 커다란 발 하나가 놓여 있었다. 그 발은 뭔가 다리…로 추측되는 것에 연결되어 있었다.

드랙스를 제압한 것은 일종의 이족 보행 생물처럼 보였다. 그 왜, 팔 두 개, 다리 두 개, 머리 하나, 기타 등등의 특징을 갖추고 있었단 말이다. 그러면서도 그 어떤 이족 보행 생물과도 닮아 있지 않았다. 온통 울퉁불퉁 혹투성이인데다 온몸이 뒤틀려 있었다… 마치 누군가가 밀가루 덩어리를 집어다 길게 늘여서 사람 모양을 만들려다 만 것 같았다.

"넌 대체 뭐냐?" 나는 입을 열었다. 내 뒤로는 퀼이 사다리를 타고 내려오고 있었다.

그게 뭐든 간에, 그것은 나를 똑바로 쳐다보고 있었다. 두 눈은 괴상한 붉은 색으로 빛나면서 밝아졌다 어두워졌다, 밝아졌다 어두워졌다 하며 깜빡였다. 그러다 나는 그 뒤에 있던 무언가에 눈길이 제대로 끌렸다.

우주선 선체 아래쪽 옆구리에 작은 구멍이 나 있었다. 함선에 처음 접근할 때는 눈치채지 못했던 것이다. 마치 바깥에서 뭔가가 우주선 안쪽으로 뚫고 들어온 것 같았다. 소행성인가? 아니면 다른 뭔가?

구멍 반대쪽의 금속 재질 바닥에는 작고 붉은 암석 하나가 빛나고 있었다. 이 돌은 마치 살아 있는 것처럼 맥동하면서 밝아졌다 어두워졌다, 밝아졌다 어두워졌다 하며 깜빡이고 있었다.

"이것 봐, 우린 문제 일으킬 생각 없어." 퀼은 고전적인 항복 방식대로 양손을 번쩍 든 채로 말했다.

"그건 네 사정이고." 나는 말했다. "나는 기꺼이 문제를 일으켜줄 용의가 있어. 그러니 내 친구의 머리에서 발을 떼면 나도 네 몸을 날려버리지 않아주지. 어때?"

드랙스의 머리를 밟고 있던 것은 괴상한 소리로 쉭쉭거렸다. 꼭 김 빠지는 소리 같았다. 그러더니 마치 고통이라도 느끼고 있는 것처럼 끔찍한 신음을 내기 시작했다.

"로켓." 드랙스도 꼭 상당한 고통을 느끼고 있는 것 같은 목소리로 씹어 뱉었다. "이것의 발이… 내 우주복을 뚫고 화상을 입히고 있어."

"뭐?" 내가 말했다. "그게 어떻게 가능해?"

그것은 이제 훨씬 더 큰 소리로 신음하면서 자기 발로 드랙스의 머리를 짓누르고 있었다. 애초에 그것이 드랙스를 어떻게 제압했는지도 모르겠다. 아니, 여기 있는 드랙스는 우주 최강 급의 전사, 드랙스가 아닌가(내가 이런 말 했다고 가르쳐주지는 말라고).

"네가 우리 친구의 머리에서 발만 떼어놓는다면, 우리도 곧바로 여기서 나갈게." 퀼이 권위 있는 목소리를 내려고 노력하며 말했고, 그 노력은 언제나처럼 끔찍하게 실패했다. "우린 생존자를 찾으러 왔어. 아무도 다치게 하고 싶지 않아."

그것은 다시 한번 신음했고, 이번에는 뒤쪽에서 뭔가 움직이는 소리가 들렸다.

"방금 뭐였지?" 내가 말했다. 물론 나는 이 시점에서 꽤나 예민해져 있었다.

그때 뒤쪽에서 뭔가 발을 질질 끄는 소리와 함께 낮은 신음 소리가 들렸다. 우주복의 조명을 뒤쪽으로 켜자 그것들이 보였다.

그…게 세 마리나 더 있었다. 온통 뒤틀리고, 흉물스러운 몰골을 한 채, 신음을 흘리며 발을 질질 끌면서 우리 쪽으로 다가오고 있었다.

그게 내 인내심의 한계였다. 더 이상 놀아줄 생각도 없었다. 나는 우주복 뒤쪽에 매달아 두었던 무기를 쥐고 냅다 쏴 갈길 준비를 했다.

"잠깐," 드랙스가 말했다. 얼굴이 온통 찌그러져 있었다. "쏘지 마, 로켓."

"내가 귀를 먹었나?" 나는 말했다. "꼭 네가 '쏘지 마, 로켓'이라고 말한 것 같아서 말이야. 내가 아는 드랙스라면 도저히 그럴 수가 없거든."

"이들은 우릴 해치려는 게 아냐." 드랙스가 숨을 헐떡거리며 말을 이었다.

"정말로? 지금 저놈은 네 머리를 밟고 머리통을 불태워서 구멍을 내려고 하는 것 같거든. 아주 크게 해치려는 것처럼 보여." 나는 말했다.

"아냐, 로켓. 드랙스 말이 맞아." 퀼도 내 무기에 손을 올리고는 총구를 아래로 내리면서 말했다.

보통 누가 이런다면 나는 성질이 머리 끝까지 뻗쳐서 이성을 잃고 만다. 하지만 내가 미처 무슨 반응을 하기도 전에 드랙스가 입을 열었다.

"아무래도 이들이 생존자인 것 *같아*." 드랙스는 말했다.

일지 3X-AFVN.62

불쌍한 밥맛들.

난 어떻게 해야 할지 알 수가 없었다.

드랙스도 그랬다.

퀼도 그랬다.

가모라나 그루트라도 이 상황에서 뭘 해야 할지는 몰랐을 거다.

이 채굴선은 소행성대에 갇혀서 엔진까지 고장 나자 구조 신호를 보냈을 것이다. 그리고 계획대로만 잘 풀렸다면, 우리가 여기까지 와서 이 승무원들을 잘 구조했을 것이다.

문제는 계획이 제대로 풀리지가 않았단 거다.

내 추측으로는 아까 그 자그마한 운석 비슷한 돌은 분명 우주 바깥에서 날아와 선체를 뚫고 들어왔을 것이다. 승무원들은 대체 무엇과 충돌했는지 파악하기도 전에, 그 운석에서 발산되는 방사능에 노출되고 말았다.

그래서 우리가 여기까지 오는 동안 승무원들의 신체는 방사능에 오염되고, 변형되었으며, 돌연변이를 일으켰다. …그러다 결국 지금 우리가 보고 있는 이런 모습이 되고 만 것이다.

"이 녀석들을 여기서 데려가야 해." 나는 말했다. 대체 내가 왜 그런 말을 했는지, 혹은 무슨 바람이 들어서 그런 생각을 했었는지 전혀 알 수는 없지만, 어쨌든 그랬다.

"로켓, 그건 아무래도 좋은 생각이 아닌 것 같아." 퀼은 불안하게 말했다.

"그게 우주에서 가장 나쁜 생각이라 해도 상관 안 해!" 나는 퀼에게 소리쳤다. "이 밥맛들을 그냥 여기에 두고 갈 수는 없어, 그 따위 대우보다는 훨씬 나은 대접을 받아야 할 사람들이야!"

"로켓." 드랙스가 말했다. 그 말투가 어찌나 부드러웠는지 나조차도 경계를 누그러뜨리고 말았다.

"왜, 드랙스? 너도 반대하려고?"

그때 드랙스의 머리를 밟고 있던 것이 잠시 온몸을 떨더니 바닥에 쓰러졌다. 다른 세 명도 한 명, 한 명씩 그 뒤를 따랐다. 네 명의 형체는 금속 바닥에 쓰러진 채 밝아졌다 어두워졌다, 밝아졌다 어두워졌다 깜빡이기 시작했다. 이번에는 눈만이 아니라 몸까지 반짝이고 있었다. 몸 전체가 말이다.

"로켓, 아무래도 이 사람들은 죽어가고 있는 것 같다." 드랙스가 슬프게 말했다. "우리가 해줄 수 있는 게 없어."

"피터." 가모라의 교신이었다. "그 채굴선에서 당장 나와, 방사선 수치가 폭발적으로 증가하고 있어!"

나는 그 불쌍하고 가엾은 것들이 땅바닥을 구르며 빛을 번쩍이고 있는 모습을 바라보며, 가모라의 말이 옳다고 생각했다.

우리가 해줄 수 있는 게 없었다. 그 점이 슬펐다. 나는 분명 이들을 돕고 싶었다. 하지만 여기 계속 있다간 우리에게도 뭔가 나쁜 일이 생길 지경이었다.

끔찍한 결정을 내려야 했다. 그 어떤 대장이라도 절대 내리고 싶지 않을 결정 말이다.

막 꺼내려던 말이 목구멍에서 걸렸다. 하지만 내가 대장질에 대해서 아는 점이 딱 하나 있다면 가끔씩은 힘든 결정도 내려야 한다는 거다.

“여길 뜨자.” 나는 말했다.

CHAPTER 27

일지 3X-AFVN.653

그다음에 벌어진 일은 그저 머릿속에 희미하게만 남아 있다. 그것들은 바닥에 누운 채, 그 빨간 운석이 맥동하는 주기에 맞춰 붉은 빛으로 번쩍거렸다. 대체 그게 정확히 뭔지는 몰랐지만, 분명 나쁜 것일 거라고 마음 속으로 생각했다.

나랑 퀼 그리고 드랙스는 다시 사다리를 올라 승강구로 갔다. 그리고 구획을 감압한 다음, 승강구 문을 열고 밖으로 나갔다.

다시 우리 우주선으로 돌아오는 데는 대강 일 분 정도가 걸렸던 것 같다. 우리는 승강구를 통해 우주선에 탑승했다. 내가 우주선으로 들어오자마자 가모라가 외치는 소리가 들렸다. "다 탔어?!"

"다 탔어!" 나는 조종실 쪽으로 소리를 질렀다.

가모라는 단 한순간도 지체하지 않았다. 우리가 안전하게 탔다는 걸 확인하자마자, 가모라는 냅다 엔진을 가동시켰다.

그다음으로 기억 나는 것은 내가 이리저리 굴러다니다가 출입실 뒤쪽에 처박혔고, 곧바로 내 위로는 드랙스가, 드랙스 위로는 퀼이 굴러와 처박혔다는 것이었다.

보통 이런 경우에는 내가 뭔가 퉁명스럽게 쏘아붙이거나 욕부터 내뱉었을 것이다. 하지만 나는 정말 오랜만에 머릿속에 아무런 생각도 들지 않았다. 퀼도 똑같은 기분이었나 보다, 우리 둘 다 아무 말도 없이 조용했던 걸 보면.

우주선의 엔진들이 울부짖고 있었고, 우주선이 다시 한번 박살이라도 날 듯이 진동하는 게 느껴졌다. 이번에는 이 녀석이 버틸 수 있을지 확신이 서지 않았다.

우리는 조종실로 올라가 자리에 앉았다. 가모라는 소행성들을 지나쳐 좌우로 회피 기동을 하고 있었고, 그러면서도 방사능 분석기에서는 눈을 떼지 않았다.

"방사능이 임계 질량까지 치솟고 있어." 가모라가 말했다. "십 초 내로 십오 킬로미터 밖까지 탈출하지 못하면 우린 다 죽어!"

"더 빨리 날아야겠는데." 퀼이 말했다. 그 말이 옳았다. 이 우주선이 아무리 빨라봤자 밀라노에 비교할 수는 없었다. 밀라노라면 분명 제 시간 내로 그 거리를 주파할 거라고 확신했다. 하지만 이 우주선은 도무지 확신이 없었다.

가모라는 이미 우주선을 최고 속력으로 몰고 있었다. 나는 내 옆에 있는 화면을 보았다.

십일 킬로미터를 더 날아야 하는데.

팔 초 남았다.

이대로는 해낼 수 없었다.

우리도 채굴선에서 만났던 그 불쌍한 밥맛들처럼, 시뻘겋고 추악한 생명체들로 변해버리겠지.

"꽉 잡아!" 가모라는 이렇게 외치고는, 분명 내가 떠올렸어야 했지만 그러지 않았던 아이디어를 실행했다. 가모라는 좌측 엔진을 켜서 우주선을 정반대 방향으로 돌렸다. 그 후에는 엔진을 완전히 껐다가, 역추진 엔진을 한계까지 가동시켰다.

보통 우주선에서 가장 강력한 엔진은 바로 역추진 엔진이다. 사실 생각해보면 말이 되는 게 이 엔진은 애초에 우주선을 최대한 빠르게 멈추기 위한 장치이니 말이다. 하지만 이걸 반대쪽으로 추진한다면? 우주선이 갑자기 확 **움직이는 게 몸으로 느껴졌다**.

"3초 남았어!" 나는 외쳤다.

이 킬로미터 남았다.

아주

아슬아슬

했다.

일지 3X-AFVN.655

눈앞이 온통 하얬다. 그것 빼고는 보이는 게 아무것도 없었다. 나는 내가 죽었다고 꽤 강력하게 확신했다.

그러다 하얀색이 점점 흐릿해지더니, 이번엔 모든 것이 새까매졌다. 주변 물체들의 윤곽선은 볼 수 있었지만, 내가 어디에 있는지, 그리고 그 물건들이 어디에 있는지는 여전히 알 수가 없었다.

대충 일 분이 지난 후에야 나는 무슨 일이 벌어졌는지 모두 기억해낼 수 있었다. 표류하던 채굴선, 붉은 운석, 승무원들에게 일어난 끔찍한 일까지. 우리가 돌아오자 가모라는 재빨리 그곳을 탈출했고, 그러다 폭발이 일어났다.

그래, 폭발이 일어났다. 붉은 운석이 임계 질량에 도달하는 바람에 폭발해버린 것이다. 우린 폭발 범위를 벗어날 수는 있었지만, 그 충격파는 우리 우주선을 아예 다른 구역까지 깔끔하게 날려버릴 정도로 강력했다.

나는 눈을 깜빡였다. 아니, 최소한 내가 눈을 깜빡였다고 생각했다. 시간이 좀 걸렸지만 어쨌든 의식이 다시 제대로 돌아오기 시작했다. 나는 조종실에 있었고, 가디언즈 오브 갤럭시가 함께 있는 것도 확인했다.

다들 괜찮았다.

일단 괜찮아 보였다.

최소한 눈이 시뻘겋게 빛나는 돌연변이로 변한 사람은 아무도 없었다.

조종 장치는 어찌나 열을 받았는지 김이 풀풀 올라오고 있었다. 손을 댔다간 단번에 화상을 입을 지경이었다.

"죽은 놈은 자진 신고해라." 나는 말했다.

가모라가 웃었다.

"나는 그루트다."

이번엔 내가 웃었다.

"죽은 놈만 신고하랬잖아."

"나는 그루트다."

"이것 봐라? 이제 이해했네." 나는 말했다. 나는 의자를 빙글 돌려 가모라 쪽을 바라보았다. 가모라는 살짝 충격을 받은 것 같았지만 그래도 여전한 모습이었다. "그거 참… 절반 정도는 괜찮은 비행이었어."

"칭찬한 걸로 알게." 가모라가 말했다.

"로켓은 그저 네가 자신보다 우주선을 더 잘 조종한다는 걸 알아서 성질을 부리는 것이다." 자기 자리에 앉아 있던 드랙스가 전혀 도움이 되지 않는 대답까지 해주었다.

"아니거든." 나는 쏘아 붙였다.

"뭐가 아니야?" 퀼이 물었다. "성질을 부리는 게 아니란 거야, 아니면 가모라가 너보다 조종 실력이 뛰어난 게 아니란 거야?"

퀼이 찍소리도 못 할 만큼 예리한 대답을 막 내뱉으려던 찰나, 내 머릿속에 갑자기 그 표류선에 버려두고 왔던 승무원들이 떠올랐다. 그리고 우리가 얼마나 무력했는지, 또 그 붉은 눈까지도.

그래서 나는 그냥 내 의자에서 앉은 채 몸을 돌려 창문 밖을 바라보았다.

일지 3X-AFVN.657

"나는 그루트다?"

한동안은 아무도 입을 열지 않았기 때문에, 난 그루트가 내 뒤쪽에서 불쑥 나타났을 때 조금 놀랐다. 다른 애들은 다들 실패한 구출 작전을 진행하던 도중에 우주선이 입은 피해를 수리하느라 바빴다.

"그래, 꼬맹아. 뭐야?"

녀석은 나를 요리조리 뜯어보는 듯했다. "나는 그루트다."

"음… 그래. 인마, 아무한테도 이야기하지 마. 그래도 맞아, 내가 좀… 슬퍼, 아마 슬픈 것 같아."

"나는 그루트다?"

"아주 아주 슬픈 일이 일어났었거든. 사람들이 그렇게 죽다니… 그런 일은 일어나면 안 되는 거였어."

"나는… 그루트다."

"그래, 하지만 그렇게 될 거야. 언젠가는."

"나는 그루트다?"

"그래, 나도."

"나… 나는…."

그루트는 말을 끝맺지 못하고 그저 짧달막한 팔 하나를 내 팔 위에 얹고는 나를 올려다보았다. 그 눈이 그렇게 커다랄 수가 없었다.

나는 또 무슨 말을 해주어야 할지 알 수가 없었다.

CHAPTER 28

"이게 뭐야?" 토르가 자기 손에 놓인 뭔가를 바라보며 말했다.

"뭐처럼 보이냐?" 로켓이 대답했다. "콘트락시아에서 어떤 밥맛이랑 내기를 해서 얻은 거야."

토르는 손에 든 물건을 요리조리 뜯어보았다. "그래서 그 밥맛이 판돈으로 자기 눈을 줬다고?" 토르가 말했다. 꼭 이 몸집 자그마한 동료가 인공 의안을 갖고 몇 년 동안 뭘 했을지 감도 잡히지 않는 것 같았다.

"아니, 판돈은 백 크레딧이었어." 로켓이 말했다. "눈알은 그날 밤에 내가 그 녀석 방에서 몰래 훔쳐 갖고 나온 거야."

그 순간, 그루트는 로켓이 토르에게 방금 건네준 의안과 스쿠어트로부터 '받아낸' 눈알은 분명 서로 다른 것이란 점을 깨달았다. 하지만 그 점은 더 많은 궁금증만 불러 일으킬 뿐이었다. 로켓은 이 의안이나 의수 같은 것들을 갖고 뭘 하는 것일까?

그루트는 도무지 알 수가 없었다. 물론 그저 이상한 버릇일 수도 있다. 그것도 아주, 아주 괴상한 버릇 말이다. 하지만 솔직히 별 상관 없었다. 그루트는 로켓의 일지들을 읽은 다음, 로켓이 지니고 있는 또 다른 면모를 보게 되었다. 어쩌면 저 털과 냉소적인 언행 뒤에는 그루트가(또한 예전의 그루트도) 지금껏 본 적 없는 따뜻하고 착한 심성이 숨어 있을 수도 있었다. 그리고 그 생각을 증명하는 모습이 바로 지금, 자신의 눈앞에서 벌어지고 있었다.

"고맙군, 착한 토끼." 토르는 말했다. 그는 별로 망설이지도 않고 자신의 오른쪽 눈을 가리고 있던 안대를 벗겨낸 다음, 그 눈구멍에 의안을 끼웠다. 뭔가 철퍽, 하고 축축한 소리가 나자 그루트는 굉장한 흥미를 느꼈다. 그 광경에서 눈을 뗄 수가 없었다.

"우웩, 나 같으면 씻어서 넣었을 거야." 로켓은 말했다. "그걸 콘트락시아에서 갖고 나오려고 어디다 숨겼었냐면—"

그때 우주선의 조종 장치에서 경보음이 울리면서 로켓의 말이 끊기고 말았다.

"야, 도착했네!" 로켓이 말했다.

그루트도 몸을 앞쪽으로 숙여 조종석 바깥의 풍경을 더 자세히 보려고 했다. 하지만 주변에는 온통 어둠뿐이었다. 어디에 '도착'했든 간에, 분명 환영하는 분위기는 아니었다.

그루트는 토르가 갑자기 자신의 머리 오른쪽을 손으로 툭툭 치는 것을 보았다. 그 바람에 눈에 박혀 있던 의안이 눈구멍 속에서 슬쩍슬쩍 구르고 있었다. 꼭 자기가 박힌 새로운 위치에 적응하려는 것처럼 보였다.

"이 의안 고장 난 것 같은데." 토르는 앞을 자세히 보려고 애쓰며 말했다. "온통 어두워 보이는걸."

그루트는 다시 조종석 바깥의 풍경을 보았다. 여기는 자신들의 목적지 니다벨리르여야 했다. 자기들은 이곳에서 타노스를 영원히 파멸시킬 수 있는 무기를 만들어야 했다. 하지만 바깥에 보이는 것이라고는 생기도, 불빛도 없이 우주 공간 한가운데 둥둥 떠 있는 거대한 물체 하나뿐이었다.

"의안이 고장 난 게 아냐." 로켓이 말했다. 그루트는 친구의 말에 깃들어 있는 음울한 분위기를 알아차렸다.

EPILOGUE: 와칸다

로켓은 자신이 기억하는 한평생 가장 격렬하게 싸우고 있었다.

그들 모두 마찬가지였다. 예외는 없었다.

로켓은 다른 세계에서 태어난 영웅들, 자신이 지금껏 만나본 적이 전혀 없었던 자들과 어깨를 맞댄 채 함께 싸웠다. 그들은 타노스를 저지하기 위해, 자신이 가진 모든 것을 마지막까지 모조리 쏟아 부었다.

그들의 목표는 타노스가 비전이라는 존재로부터 여섯 번째이자 마지막 인피니티 스톤을 빼앗지 못하도록 막는 것이었다.

하지만 실패했다.

그리고 타노스는 손가락을 딱, 한 번 튕겨 우주에 살고 있는 모든 생명체 중 절반을 쓸어버렸다.

로켓은 방금 전까지만 해도 목숨을 걸고 필사적으로 싸우던 자들이 자신의 눈앞에서 천천히 사라져가는 광경을 똑똑히 보았다.

모두 먼지로 변하더니 바람에 실려 사라져버렸다.

"나는 그루트다."

로켓은 몸을 돌려, 자신의 친구이자 가디언즈 오브 갤럭시의 동료가 널부러진 고목 한 그루에 기댄 채 쓰러져 있는 모습을 보았다. 로켓의 심장이 덜컥 내려 앉았다.

"안 돼." 로켓은 친구에게 다가가며 말했다. 그루트의 몸이 서서히 먼지로 변하기 시작하는 게 보였다.

"안 돼." 로켓은 다시 말했다. 그 말투는 점점 빨라졌다. "안 돼, 안 돼, 안 돼! 그루트!"

로켓은 친구에게 손을 뻗었다. 자신이 할 수 있는 게 아무것도 없단 건 알았지만 그렇다고 달리 할 수 있는 것도 없었으니까.

그리고 로켓은 이제 그 무엇도 예전 같지는 않으리란 사실을 깨달았다.